SNCE inc.
漫娱文化

脑洞 W 系列

BLACK HOLE IN BRAIN

脑中黑洞

无色方糖 著

长江出版社
漫娱文化

目　　　　　录

脑中黑洞

001 CHAPTER

Loop

1

“我们活在一个人的小说里。”我把烟掐了，对着面前的老陈说着。

这话说起来玄之又玄，我自己都难以置信，但事实却不容我质疑。

老陈说：“你也这么感觉？”

我倒吸一口气，感觉这个大排档和桌上的烤串儿都没那么自然了。

我说：“我早就有这种感觉了。我家对门里面住的大妈一天一张脸；电视机里的节目都是跳跃的画面；对面的写字楼的层数日日都不一样。我感觉我脑袋里的记忆都是断的。”

老陈说：“我就感觉我那个牙膏怎么都用不完，都一个星期了，还越挤越多。”

我点点头说：“而且我晚上做梦，总能看见眼前有汉字在飘。”

老陈神色一变说：“跟我一模一样！”

我心里一下就明朗了，我们还真是活在一本书里。

我说：“咱先别慌。我算是明白了，咱就活在一个人的书里。怪事都是小说作者没有写出来的细节，咱就相当于跑龙套的，结果就完全紊乱了。只有主角经历的事才是正常的。”

老陈说：“那现在怎么办，找书么？”

我说：“找书。找到咱们读的那本书，既然那本书是进来的入口，也应该就是出口。既然咱们在同一本书里，你先想想哪些书咱们一起读过？”

我和老陈都是不入流的小说写手，平日里写的读的都不少……

老陈眉头紧缩，把啤酒“咕咚咕咚”灌下肚，说：“该不会……咱俩就在咱们自己的书里吧。”

我说：“你喝多了？”

老陈说：“你自己想想，咱们一起读过的都是些科幻、战争、武侠作品。要是在那些书里，咱还能在这大排档里撸串儿？只有咱俩自己写的书，现代、都市这些基础设定才能成立。”

我说：“有理！姜还是老的辣，回去把咱俩写的书好好翻翻。”

2

我和老陈连车都没叫，一路小跑回我家中。

我说："希望这部小说里我的书架没啥变化。"

老陈在我的书架上翻了翻说："差不多，我写的那好几本烂书都在书架上呢。"

我说："咱先好好想想，现在待的这个世界有什么关键点，能跟咱们之前写过的书对应上。"

老陈说："咱们现在在哪个城市？"

我本以为这是一个显而易见的问题，没想到却无论如何都回答不上来，有关城市的信息已经在脑壳里空空如也……

怎么会，我怎么会想不起来自己住在哪个城市？

我说："坏了，我想不起来。"

老陈说："说不定这小说从头到尾都没介绍过城市名？"

我恍然大悟说："对对对！这样范围就缩小了。咱们俩有哪些书从头到尾都没介绍过城市名？"

我和老陈绞尽脑汁地想了半天，最终锁定出五本符合这个特点的书。三本是老陈的，两本是我的。

但是翻开这些书之后，却发现除了封面，内容都完全是空白！

从头到尾，装订着厚实的白纸。

我头皮一麻说："坏了。这个细节咱俩没写。"

老陈说："这下扯淡了，找着了书却看不成……我们又不是主角……”

我想老陈和我一样一定也开始后悔为什么当初写小说的时候，没有写过主角看书的细节。这样起码不会让所有书架上的玩意儿都变成无字天书。

可笑的是我们在我们自己的故事里竟然是两个连跑龙套都算不上的、无关紧要的人……

等下……

我突然回过神来说：“老陈，我们可以试着找到主角。”

老陈反问道：“找主角？”

我说：“没错。我们现在是有意志的，在这个小说里，我们可以影响故事。我们带着这五本书找到主角，在主角可见的范围之内，小说是不会允许出现不正常的书的。这样书上的文字就可以恢复……”

老陈说：“有道理啊……我的三个主角 ABC 分别是花匠、厨子、出租车司机……如果我们能找到看上去不同寻常的从事这三种职业之一的人，或许就是主角。”

我说：“我的两个主角 XY 分别是老师和画家。找到这两种人，而且看上去还不同寻常，那应该就是主角……”

老陈一拍我肩膀说：“走，到处转转。既然故事没有标明城市，这就说明发生的格局不大，也许就在咱们附近？”

3

在小说的世界里过了快有一个星期，我和老陈终于发现了一个主角可能性极大的人。

一名老师。

这是我们在中学门口胡乱看了几天的结果，与其他路人生硬冷漠的表情相比，这个角色看起来有血有肉得多。

这么丰富的角色，多半应该是主角。仔细一看，与我描写的角色X的外貌相当神似。几经周折，我们终于在放学路上堵到了这位老师。

老师看样子相当惶恐，吓得手一颤，公文包直接吓掉在地上。

我说："您不用怕，我们只是……"

我话还没说完，留意到他公文包之中掉出来一本书。书名我没看清，但书腰上的作者我可是看得真切。

那上面写着"作者：X"。

我心一阵突突地跳着，我的确写过主角X有写故事的爱好，可在这个世界里难道已经出版成书了？

我和老陈把书捡起来，翻开小说第一页，那上面赫然写着：

"我们活在一个人的小说里。"我把烟掐了，对着面前的老陈说着。

这话说起来玄之又玄，我自己都不敢置信，但事实却不容我质疑。

老陈说："你也这么感觉？"

……

002 CHAPTER

NULL 世界

1

我是亲眼看着小莹死的。

癫狂的暴徒脸上绷着青筋，在小巷子里袭击了小莹，他用匕首在她的背后戳了三个血洞出来。刚从隔壁超市里捧着夜宵出来的我，眼睁睁地看着她倒在血泊里。

暴露的两眼空洞地凝视着我，就像是眼窝里没有眼珠、空无一物般可怖。

我不敢相信亡命之徒竟然猖狂到了这种地步，撕心裂肺地喊着，发疯般地冲向他。月光下泛着寒光的匕首被暴徒死死地攥着，而我涨红着脸，一边满是恐惧和愤怒地咆哮着，一边发力钳住了他的手腕和脖子。他很快放弃了匕首，用力挣脱，向着暗处仓皇逃窜。过了一会，警笛声开始大作。

我静静地等待着警方的消息，约是三五日后，我终于接到了他们的电话。

犯人被缉拿归案，但是没有执行死刑，他成功地申请了进行“NULL”。

我心口一凉，突然连呼吸也不均匀起来，然后又想起小莹，鼻子一酸。

NULL，标志着世界范围内人道主义旗帜的高悬。这个单词是计算机术语中的“零”，在这里，它意味着一种特殊的处理机制。NULL相当于人生的“返回出厂设置”，一个人进行“NULL”之后，他所有的财产、社会身份、亲属关系等都会被清空归零。任何社会性的记忆，也就是所谓情感记忆，都会被特殊仪器从脑海里删除。从此以后，这个人什么都没有，干净得如同白纸一样，只有纯粹且无害的肌肉记忆、经验和知识。

从前对于重刑犯的惩戒是死刑，就犹如烧掉画布。而现在所有的犯人都会被“NULL”掉，意味着把画布洗净。

NULL后的犯人，都被法律保护，不受任何歧视地重新开始人生，进行工作，创造价值。对于这个极度老龄化的世界来说，这种方法既人道，又经济。

但这种方法对我来说，全然是一种侮辱。

我不会忘了被血染红长裙的小莹，还有她死前挣扎惊惧的面孔。我更不会忘了杀人犯的那张脸，无论他已经被怎样合理的流程改过自新，那张狰狞的脸庞会无数次梦魇般出现在我的眼前，挥之不去。

我没法遗忘，也不会原谅。

杀人犯跟我生活在一个城市，有一次我甚至在街上遇见了他。他一定是整过容了：NULL后的人一般都会附带一次大幅度的整容，方便他们从头再来。

犯人可以从头再来，小莹却不能死而复生。

看到他的眼睛时，我内心就忍不住躁动起来，浑身的血都在发烫。我不会忘了这双眼睛的……关于这对眼珠的记忆已经刻进了骨髓里。我一想到眼前这双手曾经把匕首刺进小莹的身体里，血就那么汩汩地流出来，我就忍不住想把面前这人生吞活剥了。

但是他的眼神里全是茫然和无辜，他定然不会知道面前的路人为何突然神色大变，面露凶相。而我努力地提醒自己他已经是一个全新的人，即便是杀人犯，也早已脱胎换骨。

而后的时间，我花了不知多少工夫，把这位曾经杀人犯的新身份弄了个一清二楚。我甄选了许多蹩脚的借口，挑了一个看上去没那么突兀的，还是把这个人约了出来。

在我和他的饭局上，一种微妙的、秘而不宣的气氛正在酝酿着。曾经的杀人犯和我双目相对，我从这个人的言谈举止间已经找不到当年那个凶手的影子……除了那把匕首还被他佩在身上。

但这把匕首……当年的凶器，现在他声称用来防身的东西，已然成为我心口的一根倒刺，扎得我血流如注、痛不欲生。刀尖所染上的小莹的鲜红又一次浮现在我眼前，我的眼神没法从那上面离开。

气氛显得死寂而尴尬，我忍不住发问道：“先生……你还记得你身上的匕首么？”

他茫然地看向自己的腰间，不知该如何回答。那神情真挚得像是新生的孩童，纯净得什么都不剩。

我无话可说了。

他什么都不记得了。

其实我只是想听他说那么一句对不起而已，即便这样没什么意义，但我要的只是那一句真心的忏悔罢了。

但是显然他早就全然忘却了，谈何忏悔呢。就像他的罪行已经和记忆一起被抹去了一样……什么都没有了。一股无形的戾气从胸口涌上来，让我恨不得在他这张人畜无害的面庞上狠狠地打上一记老拳。

我最终克制住了自己，但这件事就像是一块心病，始终搅得我不得安生。饭局不欢而散之后，梦魇依旧没有散去。我开始不敢出门，不敢上班，不要说正常地工作和生活，就连睡眠都成了一种奢侈。小莹染着鲜红的脸和杀人犯猖狂的笑容交错在我的脑海里，一个在哭泣，另一个在哂笑，我每晚都在床上辗转反侧直到天明。

我就快要扛不住了。

2

在这种绝望和迷幻的泥沼之中挣扎了许久，我找到了白医生，

她是“NULL”部门的脑科医生，很少有人能比她更了解NULL 的流程。

我跟白医生认识的时间不长，却有一种相逢恨晚的感觉，聊什么都很投机。她是那种很知性的女人，声音跟她的容貌一样温柔和自然，让人安心。

我们有时候会漫无边际地闲谈，有时候却会陷入某种深刻的哲思。我曾经相当困惑地问过她：“一个人的过去很重要吗？”

因为我知道她每天在手术台上要面对相当多的、曾经的大奸大恶之徒。这些成为 NULL 的人里，多半都是些杀人犯、强奸犯，都是大案要案的主角。我异常地好奇她是如何面对这些人曾经犯下的卑劣行径的，究竟怎样的心境才能让她足以淡然处之。

白医生听到这个问题愣了一下，不过相当笃定地回答说：“很重要，但是同样可以忽略。”

我不知该如何评价这个回答，但我知道了为何白医生看上去活得远比我要轻松和洒脱。

跟白医生在一起的时间里，我才能暂时忘记那张噩梦般的面孔，才能稍稍得以解脱。白医生在我心里不是小莹的替代品，她是一个全然不同的、能缓和疮疤的人。但这终究只是缓兵之计，在我脑海里的伤口终究会溃烂发炎，黑色的脓血就快要把我淹没。

任何走投无路的人都要选择重新开始，我当然不会例外。

那天夜里，我问了白医生：“白医生，没有犯罪的人能否申请进行 NULL ？”

白医生神情复杂地看着我说：“可以。已经有相当多的先例，准许无法进行正常生活的人直接进行 NULL 的流程。不过……”

我费解地问：“不过什么？”

白医生摇摇头说：“没什么。”

我心里恍然明白了几分，法律中 NULL 部门是一个相当隐秘的机构，有关人员绝对不允许透露任何相关信息的，尤其是白医生这种能接触到核心的人士。

为了到时候能多少有个心理准备，我还是试探着问道：“NULL 流程具体要经历什么？”

白医生犹豫了片刻，吞吞吐吐地说：“登记……整理衣冠及须发……拍照……颅内检测……”

说到这里她突然停了下来，然后起身道：“好了，不要再问了。”

她留下了一脸困惑的我独自离开，就像是在莫名地仓皇逃避。

3

跟小莹在一起的日子里，我也曾怀疑过小莹是否被 NULL 过。NULL 就像是一种隐喻着卑劣和肮脏的标志，它就是属于所有性别的一种特殊的处女情结。但正如我不介意小莹的处女身一样……当时的我并不在意小莹是否有被 NULL 过的历史。

即便是小莹自己也定然不会知道这种事的，如果真的经历过 NULL，那她的记忆就会像白茫茫的雪地一样干净。

可小莹就是那种特别干净的人。她穿着一尘不染的白裙，每一寸肌肤都像是温润的羊脂。她的发丝如同通透的轻容纱，静谧地摩挲着我的掌心。

一旦轮到自己的身上，这种宽容就会荡然无存，通过 NULL 就去原谅一个罪大恶极的人……有一种无法形容的艰难。

“小莹……”

夜里我又想起了她，猛然间从梦中惊醒。随后是那把冷冷的匕首在我面前荡来荡去，我惊出了一身冷汗。

时间是凌晨三点，而我却再也无法入眠。

忍无可忍的我拨通了白医生的电话。

4

“你申请了进行NULL？”白医生把头埋进两臂之间，沉声问我。

我有点发蒙，问道：“是……那又如何？”

白医生的办公室让我感觉有点不自在。虽然是第一次来到这里，却莫名地有一种熟悉感，就像是某种冥冥中的不谋而合。

白医生抬起头冷冷地看着我说：“NULL过程一旦发起请求就无法撤销。也就是说，从现在开始，你曾经拥有的一切都无法再找回来了。”

我早就做好了心理准备，为了摆脱那段梦魇，我愿意付出相应的代价。

我点点头说：“我知道。”

白医生站起身来凝视着我问：“为什么……你的理由是什么？你有平凡的生活可以过活，为什么要摧毁自己的人生？”

我昂起头，同样直视着白医生的眼睛说：“你对我了解多少？我只是想得到一份平静，一份安心，一份忏悔罢了。只有NULL能帮我摆脱这些执念……摆脱这些要把我逼疯的东西！这不是什么摧毁，而不过是一种救赎！”

到最后，我是近乎歇斯底里地吼着，我把这么长时间以来所有的不满和愤懑都发泄在这段咆哮之中。

我喘着粗气抓着自己的衣领，控制不住腿下一软坐回椅子上，瘫软着身子说：“求求你……饶了我吧。”

白医生面无表情地看向我，不禁发出一声冷笑，她侧着头问："放过你？到底是谁该放过你？"

她从文件夹中抽出两张照片甩到我的桌前，那上面是一个笑得天真烂漫的女孩和一张面容扭曲的男人的面庞。

那个女孩的五官总让我觉得哪里似曾相识……不知怎么，与记忆中那个杀人犯曾经的面孔有几分相似。

白医生死死地盯着女孩的照片说："你难道从来没有好奇过，那个暴徒为什么要袭击你们么？"

我突然胸口一阵刺痛，恍然间意识到了什么……

"难道说……"我一时间慌了神。

白医生说："那个杀人犯之所以袭击小莹，是因为你在十二年前杀了他的妹妹。那时的你是右边照片的这个面部扭曲的不良少年。你和他一样，申请了 NULL 避免死刑。"

我骤然间喘不过气来。

白医生把身子向前探着说："他没有杀你，是想让你尝一尝和他当年一样的痛苦。这就是你要的忏悔，这就是你要的救赎！"

不用再证明了，看到照片的那一刻，我藏在骨髓里的记忆就开始战栗。我的本能告诉我……照片没有说谎，白医生也没有说谎。这世间最真实的忏悔，就是血债血偿。

我突然泣不成声，连半句话也说不出口。白医生一半同情、一半怜悯地看向我，还杂糅着无法言说的感情。她修长的睫毛微微颤动着，转过身不再看我一眼。

过了良久，我沉着头问："为什么要告诉我这些？法律不是规定不允许透露 NULL 的任何历史和过程么？"

白医生拉出一卷病例，指着其中一行说："看看这里。"

那整整一卷病例，每一页都是我进行 NULL 的操作记录。

白医生板着脸说："从七年前开始，每过一个星期你就会来进行一次 NULL。但是有关于小莹的记忆已经成为了一个心魔，无论如何刷洗记忆，它总会在某个特殊的时间节点重新卷土重来，让你再次走进这间办公室。到现在为止，已经是三百七十四次了。"

看着一脸茫然的我，白医生苦笑着说："就算你不崩溃，再这样下去，我都快崩溃了。"

震惊过度的我就像是浑身被锢死在椅子上不得动弹，过往的记忆正如山洪海浪般涌入我的脑海。

白医生转过头问："这是我第一次触犯法律告诉你这些事，这间办公室的监听器和摄像头很快就会把我从这个职位上剔除出去。而我刚才说的这些话所犯下的罪名足够把我 NULL 上两百次。可即便如此，你也无法取消这次 NULL 了。我们下次再见吧。"

我昂起头，眼里已经满是血丝。

白医生的声音突然哽咽，她从抽屉里拿出一把用到旧得不能再旧的剃须刀说："下次再见，我也不会记得你了。前三百七十四次，都是我帮你剃的胡子。这一次，你自己来吧。"

我茫然地摸了摸满是胡茬的下巴，隐约听到白医生的抽泣。

003 CHAPTaER

出租车里的剑客

1

罗寒是位出租车司机，后备箱里装着把宝剑。

我第一次见他的时候，他的宝剑还不是放在后备箱里的。他直接就把那长剑放在变速杆的旁边。

那时我从城东打车到城西，路蛮远。我一直想他这样会不会哪天被自己的剑卡到，酿成一场公路惨剧。

我就问他：“哥，你这模型剑看着挺有派头，在哪儿买的？”

他当时右手直接从方向盘上挪到胸前，一脸恼怒地说："什么模型剑，这是天玄宝剑。家传的。"

我愣住，心想，这位老大哥看上去奔五十的人了，骨子里还这么浪漫。

他盯了我片刻说："你这小子，根骨不错，要是练一练，倒是使刀的好手。"

我暗笑，这就不是浪漫了，是偏执。

我打量着那宝剑说："哥，你这剑做工真不错。我也挺乐意看金老爷子的书，但是怎么说也是现代社会了，就不扯那些舞刀弄剑的事儿了吧。"

他不再看我，轻声叹气说："你们这群人，一点侠义精神都没有。"

2

车轮碾过沥青马路，车窗外的景物在视野里被扯得支离破碎。我想一个出租车司机还讲侠义，不知道该说幼稚，还是可贵。

我说："哥，武侠小说里不都说剑在心中才是大境界么？"

他说："那都是瞎胡闹。"

我说："这'天玄宝剑'，也算管制刀具吧。再说就在这儿一摆，不会吓到乘客么？"

他听后眉头微皱说："什么管制刀具，就算是管制也是管制剑具。再说我是剑侠，又不是剑魔，有什么好怕的。"

然后，我开始后悔自己跟他攀谈这么久。这位大叔找到了久违的听众，他开始滔滔不绝地絮叨，絮叨他的侠与义。

他说得慷慨激昂，动情之处还要手脚并用地挥舞。在这种情况下依然能保持车平稳前进，无论他是不是剑侠，这车技也着实让我折服。

他说："我实在是不舍得你小子这块练武的好料，就跟你讲讲。我叫罗寒，罗家剑宗第七十代传人，这城里最大的剑侠。"

他拍了拍方向盘说："你看这车，这车就是我的坐骑。这要搁古代，就是一匹烈马。不，宝马，还得是汗血的那种。别看这车才七八万，车不关键，关键是坐着的人。你听没听说过什么'有龙则灵'？就是这个道理。"

他又抬了抬他那长剑，越说越兴奋："老弟，我跟你讲。我每天开着这匹马，走街串巷。你以为我为了拉活儿？我那是匡扶正义、除暴安良。这城里哪个敢在我罗寒眼皮底下嚣张？他敢？！"

罗寒转过头说："你说，他敢么？"

我摇头。

他接着自顾自说道："我每天为了保护这座城市，要少拉一百来块的活儿。这就叫侠义。"

我一直听他讲，讲到他有点口干舌燥为止。

我问他："老哥，你老婆孩子，也跟着你一起侠义么？"

他"哎"了一声，然后有点无奈地说："做侠客，怎么能有妻儿呢？自己要做爹了，身后的顾虑太多。"

他眼见快到了，急忙从口袋里掏出一张折皱的名片说："这是我名片。你要是有什么难处就打给我，我罗寒随叫随到。"

我一看，那名片上只有两个字和一个电话号码。

剑侠。

3

我把罗寒当成一个谈资讲了许久。直到那天夜里凌晨两点，我昏昏沉沉地从KTV里跟朋友们散场。这个时间点上实在是打不到车，无意间想起我还留着一个司机的名片。

我想，既然是侠客，应该不怎么睡觉的吧。

一个电话打过去，罗寒果真不消十分钟就开着车赶来了。

他第一句话就说："老弟，我那天见了你就想你拿刀的事情。这不，我特意带了把刀给你。"

我实在困得抬不起眼来，也没太多工夫端详。我还以为罗寒在跟我说笑，没想到他真的丢给我一把刀。

我拿到刀的一刻，当时困意就去了。脑子里一下打了个激灵，像是被一桶冰水淋了个通透。

光是这刀鞘的精致，就让我瞠目结舌。在车里昏黄的灯光下看不太清楚，也怕是我见识短浅，但绝对是我见过最独到精妙的工艺品。

我问他："罗哥，你这刀，还真有点门道！"

他脸上露出几分傲然，他说："也就是凡刀一把。听说是什么九龙刀。跟我这天玄剑比，还差得远呢。"

我这才注意到，他眼角有点淤青。

我问："罗哥，你这脸怎么了？"

他摸了摸下巴说："小伤，不碍事儿。路上碰到几个小混混要抢人家包儿，让我给教训了。你别看我脸上挂了彩，那是我没动宝剑。我让着他们，怕伤了这帮崽子。"

他"嘶嘶"地倒吸两口凉气，看来伤口还痛着。嘴里还喃喃地骂道："这帮崽子，我让着他们，他们也不让我。什么铁棍车链子就往我身上甩，亏得我身法高超……"

眼见我眼里缺了几分相信，他来了气势说："怎么？还不信？我这剑法天下无敌，随便两剑就斩得他们魂飞魄散。"

我说："信，我当然信。"

罗寒指了指身后说："老弟，我觉得你说得在理！我以前总觉得剑在身边心里踏实，现在看来，剑在不在身边都应该踏实，心里那股正气在。我就把剑放后备箱了。"

他狠狠拍了拍我手里的刀，然后说："老弟，别光信。回去多练刀，哪里不懂就问问我，要不白瞎了你这好苗子。"

我以为他在说笑，跟着打趣说："我练刀又没刀谱，也没个章法啊。”

他说：“哪有什么章法。都是瞎晃，瞎甩。甩得多了，就成了刀法。你看那什么十几二十招的路子，都是唬人的。”

4

我执意不肯要那把刀，因为始终觉得这应该是挺贵重的手工艺品。我跟人家两面之缘，萍水相逢，无亲无故，哪有随便要人家东西的道理。

罗寒铁了心让我把那刀拿着。

那刀上面的确有九龙的花纹，精致到发丝大小。花纹盘错有致，近看不失细腻，远看又有龙腾九天的气势。虽然我不懂古玩的优劣，但单单是这一点，估计就价值不菲。

我拿着刀，一次也没抽出来过，心里总不踏实。攥着人家的东西，总是不安稳的。

又过了一个星期，到周末我准备放松放松，跟朋友看个电影。心想这回把那刀带上，趁这个机会把刀还给罗寒。

我又打了罗寒的电话。罗寒当时在拉另一个客人，听到我的声音相当亢奋，连着说马上就来接我。过了半个钟头，直接开车到了我的小区门口。

“刀练了么？”他急着问。

我说：“我是坐办公室的职员，没太多练刀工夫。罗哥，这刀我就还你了。”

他连忙推过刀去说：“那怎么行呢？千忙万忙，练功的时间不能忙没喽啊。”

我又推过刀来说：“罗哥，我真的没有练刀的底子。”

他连声叹气，摆摆手说：“算了。你上车吧。”

他这次在路上一言不发，全然没有了往日的絮叨，有几次手攥着那刀，抖个不停。

他看向我，又转过头，欲言又止。

我要下车的时候，他又长叹，看着我说：“老弟呀，当侠客，不能强人所难。只是可惜了，可惜呀。”

5

自那日后，三个月有余。我再没联系过罗寒。我心里每每想到他那天气得发抖的模样，就心里难受，心口炽痛着。

结果我接到了罗寒的电话。

他说：“老弟啊，不好意思来麻烦你了。我就在你家旁边那个烂尾楼工地里，你能来一下么？”

我心里暗暗不安，便问：“罗哥，你这是咋了？”

罗寒说：“没啥大事。追着一个摩托车抢包的小屁孩儿跑太远了。追到工地里来，被他们群殴了，腿差点给我干折了。“

我连忙披上衣服跑去工地里，看见满脸胡茬的罗寒拿着自己那把剑苦苦撑在墙边，他被打得鼻青脸肿，站也站不稳。

我说：“罗哥，这帮小子下手咋这么重？”

罗寒往地上吐了口唾沫说：“呸！这帮渣滓，看我从后备箱拿出把剑来就笑话我，说我是个老疯子，拿着破古董还来约架。我是剑侠，剑侠也敢打？”

我说：“罗哥，别说了，我这就送你去医院。”

他摆摆手，往地上猛地一指说：“不用，我没事。你去后备箱把那刀拿来，过来陪我聊聊。”

我也顾不得他是不是在逞强，连忙跑去看那车，那车已经被乱棍砸得稀烂，连车门都合不上了。后备箱上坑坑洼洼的都是铁棍猛击的痕迹。我抱着刀又跑回来说：“罗哥……你的车。”

他又往地上一指说：“别管那些，坐！”

我应声坐下。

罗寒拿着剑说：“我一代侠客，怎么就混得这么窝囊？！连几个小混混也瞧不起我，要把我打个半死才解恨。”

他转过头说：“老弟，你将来要好好练武，当这城里的下一个侠客。”

我说：“我？我这小身板儿……再说有罗哥当侠客不就够了？”

他叹口气说："不当了。我连马都让人杀了，还当个什么劲儿，还有什么侠义？！这城市太扯淡了，连一个侠客也容不下。"

我一时间也不知道是罗寒的错，还真是这城市的错。

我回答不了他，只能默不作声。

他抽出剑来，这是我第一次见他拔剑。

那剑太美了，在天地间有如一道雷芒，一道凝固了的霹雳。他说："老弟，好好练刀，当一个刀侠。以后我就不出山了，再也不了。"

他右手猛地一挥，剑啸锐利，剑光在我的眼前一闪，然后他就两眼无神地瘫倒下去了。

我不知哪里来的力气，猛地扛起罗寒向外面跑，一边说着："罗哥！告诉你别逞强了！我马上带你去医院！"

宝剑落地有声，身后报废的大楼裂成两个斜劈，轰然倒塌，滚滚尘霾汹涌而过。

004 CHAPTER 方唐的故事

1

他端起桌旁的杯子，这才发觉里面的咖啡已经凉透了。于是他从键盘上抽回有点僵麻的十指，揉了揉酸涩的眼眶。

方唐是个写东西的人，最近想到了一个很有趣很有趣的故事。创作冲动是永不停歇的强劲引擎，他好像被上了十几圈发条一般，倾尽所有精力去完成这个故事。

一个曲折离奇，又充满幻想的爱情故事。

故事的主人公小明具有一种可以让任何人厌恶自己的超能力，天性孤僻的他用这个能力规避了所有他不想见到的人。

街头染着紫头发飞扬跋扈的小混混，见了他会恶心地逃开。

公交上拥搡的人群，无一不为小明避让，让出一条通途。

所以他，永远一人。

小明让自己的周遭永远处于真空，环绕他几米见方的空间是所有烦扰中最僻静的一处。

故事写到这里，女主角终于该出场了。

如果按照这个不收拢的故事线，放任地让剧情延续下去，小明就会孤苦伶仃、身无分文、饥肠辘辘地倒在某个清冷的街角，然后全身被沉重的绝望埋葬。

但方唐想要的是个多少有点阳光的故事，他要让一束光倾泻下来洒到男主身上。所以女主必须明媚又善良，而且必须要有一个温暖的名字。

女主叫小暖。

剧情必须合理且有价值，如果让小暖能去靠近小明而不被恶心死，排除小暖先天不合情理的惊人意志力以外，就只能让小暖变得不寻常。

方唐狠狠地敲了一下回车，按键下交错纵横的机械轴发出一声明亮的震响。

他想到了，小暖是个弱感人。

小暖除了视听以外，其余所有的感觉天生就极其衰微。刀片划过指尖，也只有微微酥麻。双手拂过毛毯，也没有半点细腻微妙的毛绒触感。

外界对她的刺激很是微弱，没法在她感官的浩然海域上激起一星半点的涟漪。

小暖喜欢穿暖色的长裙，有着一头过肩的秀发。她眼睛一定透澈得像一块琥珀，粉润的嘴唇让男孩的脸颊微微发烫。她就像是午后安逸又奢侈的阳光一样让人浸淫着，即便她自己感受不到一丝一毫的温暖或寒冷。

然后，小明和小暖巧遇了，他们相爱了。

他们的邂逅发生在俗套的公园里，本是人群最繁密之处，现在因为小明却冷清下来。只有小暖愿意坐在他的长椅旁，问他想不想吃一块自己精心烘焙的酥糖。

小暖根本就尝不到酥糖的味道，却还是坚持地做着那块糖，只为了给某个人吃。

“我尝不到，但你嘴里的甜能在我心里。”

对于小明来说，小暖是唯一不讨厌他的人。小暖愿意敞开全部的心扉去接受他，愿意毫无保留地爱他。

对于小暖来说，小明是特别的。只有小明能带给她与常人不一样的感触，就好像饮了十几年平淡无味的白水，恍然间喝到了醇香浓郁的烈酒，定然暗里着迷，沉醉到无法自拔。

结局渐趋完美，故事好像戛然而止。

2

方唐觉得这个故事太乏味了，如果就这样简简单单结束的话。他必须让故事有冲突，有波澜，有起伏。但是故事接下来该怎么走，他又完全不清楚。

他决定把故事里的主人公叫出来谈谈。这听起来很玄乎，实际上就是在脑海里推理和想象一个性格和体貌都如自己描写的人，然后抽象出来跟自己对话。

意淫出一个人。

方唐决定先想象出小暖，他一直给这个女主倾泻了巨量的笔墨。他固执到认为小暖是真实存在的，就像他的青梅竹马。他好像看着她在炉火旁披着白绒绒的毛毯，渴望感到哪怕一丝一毫的温暖。他好像看着她赤脚走在雪地里面，冰碴冻得她脚踝发红。

那就是小暖，渴望能感受这个世界的小暖。

小暖说："作者，你好。"

方唐很是局促，像是一个第一次准备给倾慕女孩送生日礼物的害羞男生。他说："你好。"

小暖就是方唐最喜欢的那类女孩，温暖到让人慵懒，像躺在沙滩上沐浴日光。

小暖说："作者，如果你希望小明有更好的结局，你需要让我死掉。"

死掉？

方唐头皮一阵发麻。在他的设定里，小暖可是历尽千辛万苦才换来常人的生活。一个没有触感、冷暖、嗅觉、味觉……的世界是很寂寞的，小暖用了自己的整个童年才训练出能保护自己不受伤害的能力，但是这世界上还是有很多很多的美好和快乐永远与她无缘。

她是个尽力能活得滚烫的女孩，即便世界对她只是一道寒江。

这样死掉，真是太残忍了，他不会接受的。

小暖顿了顿说："小明本来对于自己的能力很是克制。但是在他拥有我之后，情况变得愈发恶劣。曾经只是两三米内的人无法容忍他，现在已经扩大到六七米的距离了。为了我，他不惜放弃了读书的机会，放弃了一直对他不离不弃的父母。这，不值得。"

方唐愣住了，他没想到情况竟然这么严重。原来小明为了能让小暖多少感受到外界的刺激，哪怕一点点也好，开始竭尽全力地解放自己的能力。现在小明的身边，除了小暖，连一个人也没有了。

收获一个人，同时收获了剩下所有的孤独，值得么？

方唐站起身来，开始心烦意乱地来回走着。他不得不让小暖回到故事里去，因为小暖在他身边，方唐根本没办法冷静思考。在心神不宁地思忖了几个钟头之后，他硬挺着憔悴的神经，又把小明叫了出来。

方唐是他的造物主，所以小明的能力对他无效。抛开那个令人厌恶的设定，小明还是个很讨人喜欢的男孩。他算不上帅气，但是足够阳光。更因为小暖的存在，他褪去了之前脸上的阴霾。

但是小明的眉头却紧锁着，他显得更加紧张和窘迫，不断变换着坐姿。

方唐有点担心，他问：“小明，你有什么烦心事么？”

小明犹豫了片刻说：“作者，为了小暖，我不能继续活着了。”

方唐担心的事情大概要发生了，小明说：“小暖她一直瞒着我，但我能感觉出来，她的弱感症其实是在加剧的。看来，这种病应该会随着受到的刺激不断加强而变得愈发恶劣。前几天，她已经渐渐开始听不清我的话了，最近更是连街上来往的车流都看不真切，险些要被车轮碾过。”

小明的头沉了下去，他低声说：“作者，如果小暖继续跟我在一起，迟早会丧失掉所有五感，最后堕入一片黑暗和死寂中。”

方唐明白了，他们两个人天生就是最完美的伴侣，却也是彼此最致命的毒品。他们给对方带来温暖和欢愉，但也会相应地引来孤独和死亡。方唐明白，如果让这两个人因为强大的外力分开，倒不如让他们双双赴死更好受一点。

他们离不开对方，却命中注定迟早要离开对方。

这才是故事里最无情最寒冷的一环。

3

方唐害怕了。他第一次感觉到自己是这么的懦弱。

他不舍得小暖，也不舍得小明。但如果就这样下去，这两个人都会有极度悲惨的结局。

方唐也是个很孤独的人，所以才喜欢写各种各样的东西。小明就像他的真实写照。小暖和小明的爱情故事陪伴了他很久很久，也像是他的朋友。

他不能忍受失去他们的痛苦。

尤其是小暖。

写到这里，小暖俨然成为了他隐形的恋人。虽然那只是自己塑造的一个女孩，却足以让方唐痴醉和向往。

方唐不知道，在自己放任剧情发展的时候，文档里的故事已经进行到哪里了。故事的轴线不会因为作者的伤感而停止，人物的进程只跟随他们的命运行动。

等到他发现的时候，已经太晚了。

太晚了。

小明毫无节制的能力招致了太多的怨恨，在一场蓄谋已久的恶性事件中，他死于来自十五层悬挂钢筋的重压。被碾成肉酱的小明不会再招人厌恶了。

死的时候，小明的左手却死死攥着没有放开，那里面是第一次见到小暖时，拿到的糖纸。

他解脱了，从另一个方面，小暖也解脱了。

小暖的解脱，也象征着小暖的心死。

方唐叫不出小明了，因为小明的生命终结，现在的他只不过是一团血肉模糊的有机质。小暖经历过小明死亡的巨大刺激之后，病情愈发严重，已经什么都看不见，仅剩一点点微弱的听力存留。

方唐哭着把小暖叫了出来，小暖虽然什么都不剩下了，但还能勉强笑着，因为眼角的泪都干涸了。

泪痕还冰冷地挂在脸上。

4

方唐扯着最大的嗓门嘶吼着问：“你还能听见我说话么？”

小暖的声音很轻，她说：“能。”

他吼得嗓子传来腥甜，还是声嘶力竭地问：“你有什么愿望，我现在都写给你。”

小暖笑了，是发自内心地笑着。她说：“让我尝一块糖吧。”

方唐就不顾一切地，废寝忘食地在键盘上敲着。他疯狂地填补着设定，只为了让小暖在最后一刻能尝到糖的味道。

他如愿以偿了，在他造物的世界里面，小暖最后终于吃到了一块糖。她对着方唐笑得像绽放的焰火，她说：“嗯，好甜。”

然后，她丧失掉所有感官。

她像是从云端沉坠，曾经经历的所有音画在她的脑海里擦过。双目和双耳是过往，它们汹涌而去，除了回忆，她什么也不剩了。

方唐捧着轻薄如纸的小暖，她已经什么都感受不到了，在没有任何光和声音的世界里安眠着，神情仍然是笑着的。她的思维还在活动，但是接下来的每一分每一秒都不过是在延续煎熬的时间，没有更多的意义了。

所以方唐做了一个仁慈的决定，他又设计了剧情，杀死了小暖。

方唐哭得撕心裂肺，伤心得肝肠寸断。但是他还是没明白，到底谁才是杀死小明和小暖的凶手。是他们自己？还是方唐？

他又没懂，为什么自己身为两人的造物主却无法真正地控制情节？为什么小明和小暖都最终难逃离他而去的结局？

他现在脑海里都是小暖最后一刻的神情。那种渐渐丧失掉所有感官，绝望地等待墓地降临的心情，究竟是怎样的？

人到底可以有多绝望？

为什么自己不给小暖一个美好的结局？为什么他要让小暖悲惨地离开？

方唐觉得自己要比小明更加爱小暖，他为此感到自身的残忍。

方唐哭到窒息，他没法从自己的故事里抽身。

那不过是存在自己嗡嗡转响的硬盘里的一团文字数据而已，方唐却偏执到认为那些是真正的灵魂。

他在自己的文字里沉沦。

5

方唐的屋子里一片狼藉，桌上是干涸的咖啡渍，地上是散落的风衣和衬衫。饿了就吃几桶泡面，累了平躺就睡。他的生活因为这个故事一片凌乱。

我拍了拍方唐的肩膀说："你好。"

方唐呆住了，他抹去眼角的泪，回过头来惊诧地看着我，问我说："你……你是？"

我说："你是我笔下的一个小说家。而我，是你的作者。"

他困惑了，他问："那小明和小暖的故事，是你写的？"

我摇摇头说："当然不。你是我写的，而那个故事，是你写的。你喜欢喝咖啡，喜欢码字，喜欢给自己的故事里的人物赋予灵魂。这些，都是我造成的。"

方唐呆住了，他皱着眉问："作者，我会爱上自己故事里的人，也是你造成的么？"

我摇头。

我说："你的性格是我规划的，但是你有今天这样的痴情和单纯，像个傻小孩的表现，的确是我始料未及的。"

方唐看见我走到他的笔记本前，连忙跑上前去扣上了屏幕，像是生怕被看了私人日记的初中男孩。

我说："我可是你的作者，你写了什么没有我不知道的。"

方唐眉头微皱，没有理我。

我帮他整理着房间，还要劝诫他说：“你呀，要快点振作起来。你的故事，才刚开始。”

他没回答，却问我：“你为什么要来跟我说这些？是怕我太伤心么？”

我帮他一件一件拾起地上的衣物整理放好，平顺地归到衣橱里面，一边反问说：“你又为什么要帮小暖达成心愿？是怕她太伤心么？”

他突然涨红了脸，一边结巴着辩解说：“我、我、我喜欢自己写出来的角色，不行么？”

我说：“行啊，当然行啊。”

轻轻合上他的衣柜门，我回头看向他，笑着说：“所以我也行啊。”

005 CHAPTER

故事里最后一个人

1

男主卸甲归田之后，故事还没有结束。

还有一个叫小末的龙套在等他。

男主葬了自己的战马，背起剑，来到这个与世无争的小村，看见龙套早已站在村口。

男主说："你是我的龙套？"

小末说："当然。我是这个故事里最后一个角色。"

小末打量了男主说：“我记得作者说过你面容俊朗、英气逼人，怎么变成这么一副刀疤脸了？”

男主笑而不答，反问他说：“你的身份设定是什么？”

小末说：“剑客。”

男主凉了的血又开始回温了，他上一次抽剑还是五年前，那时候的他鬓角还没有这么白。

再不比剑，他感觉整个人都要钝了。

男主说：“妙。作者说你的剑术强还是我强？”

小末说：“你老了，所以我略胜几分。”

男主服老。

他早就感觉自己的剑越来越重了。

男主说：“我懂了。那你是敌是友呢？”

小末说：“是敌。我是你仇家埋伏在这里的刺客。”

男主第一次见到这么嚣张的刺客。他笑了笑说：“成。”

2

借着初秋的微凉，两人在小末的院子里温了一壶清酒。

男主一言不发，直到三杯热酒下肚，他把杯盏在桌上一扣说：“我不明白，你既然是来埋伏我的刺客，为什么不动手呢？我一生杀敌千万，还没见过你这么不敬业的刺客。”

小末说：“我在幕后已经等了这么久，不介意再多等一会儿。现在的我只想听故事。”

男主问：“你要听我的故事？”

小末点点头。

男主说：“我还以为你出场之前，已经有人告诉过你了。”

小末说：“只有一点零星的片段和流言。我想，既然他们口中的你如此传奇，不好好听一遍你的故事，未免太可惜了。”

男主说：“那你答应我，我讲完故事，你就跟我比剑。”

小末说：“你讲完故事，我一定动手。”

男主的欣喜写在眼里，他说：“那好，你要从哪个开始听起呢？”

小末说：“第一个就好，你可以从头到尾慢慢讲。”

男主摆正了身子，操起了架势，看样子已经是讲故事的老手。

男主清了清嗓子说：“我祖母十二岁那年路过一户钱庄，她的簪子不慎落在了门前，那时正是梅雨……”

小末说：“停。”

男主问：“怎么了？”

小末说：“我说你的第一个故事，不需要讲到三代人那么远。从你小时候开始讲起就好。”

男主点点头说：“我刚生下来的时候，好像连五斤都没有。这给我娘急的，她当时就想，这娃以后能长明白么……”

小末说：“不用讲你婴孩时期的事。从你七岁那年开始讲起好了。”

男主神色略有一丝不悦，不过还是回缓过神情说：“我七岁那年，师从天下三大名剑之一的斩云剑，正练到独门功法的最后一重……”

小末说：“从你出生以来的七年时间里，到底经历了什么？怎么故事一开始就把功法练到最后一重了？”

男主说：“你怎么老插嘴？你讲还是我讲？”

小末说：“你讲。”

男主说：“因为斩云剑的独门内功，只有一重。这一重我练了足足三十年。”

小末恍然明朗说：“接着讲，我不打断你。”

男主给自己上了一杯酒，把平生诸事娓娓道来。

3

男主讲他七岁师从名剑，十二岁在三百门徒中层层杀出，靠过人天资成为斩云剑大弟子。十六岁继承名剑剑主之位，十八岁赶上蛮夷入关，率剑门对抗十万铁骑。

那年他立下赫赫战功，杀得蛮夷尸骸千里，被圣上赐天子剑和爵位，自此闻名天下。二十四岁统一天下三剑，加身剑盟盟主之位，武功独步天下，为万人所称道。

小末说：“你十六到二十四岁的故事，我都听过。”

男主说：“你听过还要问我？我是不是不用继续讲了？”

小末说：“我是从旁人的传言听的，那时候我还是个毛头小子。我只听说某个大剑门有一位十几岁的年轻剑主，把蛮夷杀得片甲不留，是皇上眼前的红人。”

男主说：“这跟我自己讲有什么区别么？”

小末说：“没什么区别。到现在为止你的故事的确算传奇，但还欠分量。要是你的故事一直是这样，不听也罢。”

男主说：“什么叫分量？你要怎样的分量？”

小末说：“侠之大者不单单只有声名显赫，也有儿女柔情，也有落寞，也有苦衷。”

男主苦笑说：“我跟人前讲这个版本的故事已经习惯了，都忘了我本来经历过的故事了。”

小末说：“你自己改了什么？”

男主说：“少了两个人。我的女人和我的兄弟。”

小末说：“这两个人怎么了？”

男主说：“我的女人自我十六岁登上剑主之位起，一直不离不弃待我。我的义弟在我七岁时与我结拜，正是我剑门的副剑主。”

小末摇摇头说：“光是这样，你也没必要隐瞒这两个人。”

男主说：“没错，还有接下来的故事。你应该没有听说过我二十四岁以后的事了。”

小末说："没有。江湖之中关于你的传言突然销声匿迹，当年名震天下的剑主像是人间蒸发了一般。"

男主点点头说："上酒。"

4

男主说："我的女人是个好女人，人美，武功又高。她左眼下有一颗泪痣，黑发过肩……"

小末说："我不关心你女人长什么样，我只关心你二十四岁以后她如何了。"

男主弹了下杯子说："剑盟结怨无数，又功高震主。我二十四岁那年，先皇突发恶疾，十五岁的小太子登基。新皇第一件事，就是要洗刷整个剑盟。"

小末说："这是新皇的意思？"

男主说："谁能知道呢？没准就是你的主子在从中作梗……"

小末没答话。

男主说："为了保住剑盟，我们要演一出戏。在新皇的眼线面前，我的女人伤了我义弟的右臂，我又设计假死，佯装剑盟内乱。她明面儿上成为剑主，发誓世代效忠朝廷。"

小末说："你和你义弟隐在幕后了？"

男主点点头说："我们本以为这样就能安生，但其实只是让剑盟沦为棋子。然后就是大张旗鼓的北伐，东扩。此年攻一城，彼年攻三城。然后是五城，十城。眼看剑盟损兵折将，精锐大减，剑盟联合各地的亲王，反了。"

小末微微合眼，像是已经了解了接下来的故事。

男主说："乱战之中，我的女人战死。剑主死后，剑盟土崩瓦解。我怕被人认出，把我自己划成了刀疤脸，最后和兄弟一起被抓住流放。"

小末说："分量未免太重了。"

男主笑了笑说："这还轻得很。我们在边外流放了十几年，找不到回境的门路。结果正巧遇见没有斩草除根的蛮夷举兵入侵。我兄弟以一人之力对抗四万精兵，杀敌数百自刎而死。"

说到这里，男主沉声了。

小末抬起头问："你呢？"

男主说："国弃吾弟，吾弟却不弃国。但我可没有那样的觉悟了。"

男主顿了顿说："我投敌了，因为我要把兄弟的尸骨带回去。"

小末没有插话，只是笑了下。

男主说："说来可笑，我借着蛮夷的战火回到了关内。然后又从军营里逃出。更名改姓重新加入对抗蛮族的军马。靠着残存的武艺，一步步混到千夫长，到现在告老还乡。"

小末说："然后呢？"

男主说："然后遇见你了。一个龙套。"

小末说："我听完了。好故事。"

男主说："现在有分量了？"

小末说："有了。"

男主说："可以和我比剑了？"

小末说："还有几句话，我想说给你听听。"

男主把手里的剑放下，坐回位置说："你说，我听。"

5

小末说："我等了这么久出场，一直都很羡慕你。"

男主说："羡慕我什么？羡慕我兄弟女人都曝尸荒野？"

小末摇摇头说："这故事中的每一个角色，或多或少都与你有关。你一生可以遇见这么多事，认识这么多人。他们都在你的故事里等着你……你的一生是真切地经历过很多的。"

男主说："换你来当男主，你能笑得出来么？"

小末说："笑不出。"

男主说："那你还羡慕我？"

小末说："可你在七岁那年，还认为自己是有无限可能的。我只在这个村子里出场，有幸见到整个故事的主角，就像一片叶子。

而你，是一颗参天大树。我知道，只要我一见到你，我就相当于见完了一生中的所有人。”

男主怔住了，小末缓缓地说：“你明白么？你才是故事的核心。我所经历的其他事都是无关紧要的。只要我遇见你，就遇见了所有人。”

男主说：“你没看见过我兄弟死前的眼神吧。”

小末摇摇头。

男主说：“你不知道我女人伤痕累累时强挤出来的惨笑吧？”

小末还是摇头。

男主说：“你以为只有我活着是故事，我女人就不是故事？我兄弟就不是故事？剑门战死的每一个子弟，就不是故事？”

男主一边凌厉地抽剑一边说：“你以为只有作者讲出来的才是故事？作者记不记录这个故事是他的事，你我怎样活着是你我的事。”

小末若有所思道：“是我愚钝了。”

男主身上旧伤太多，积重难返，已经端不稳剑了，他还是强提着剑柄说：“小末，我们的故事都是一样的。若不是你有刺客之任，我还真想听听你的故事，也从头讲起……”

小末也抽剑了。两人只交锋了三个回合，伤病摧垮了男主的身骨，他根本不是正当年的小末的对手，很快就血溅三尺。

小末低声问：“我有最后一个问题。”

男主吐着血说：“你问。”

小末说：“我是什么？”

男主咧嘴笑得很夸张，血汩汩地淌下来。男主说：“你是个人。龙套肯定也都真实存在着……”

男主感觉一阵虚冷，他自知已经是强弩之末。

男主倒下前说：“故事里的所有人……都……曾经……热烈地活过。”

已是黄昏，长夜将至。

小末看着男主倒在血泊里，他长剑入鞘，把酒喝干。

他坐在血迹旁的石墩上，抱着剑，突然有点想哭。

006 CHAPTER

回忆的奴隶

1

在星巴克门口，旁边的女孩突然给了我一个轻轻的耳光。

四下无人，可这姑娘的行为也着实过于豪放了点。

虽然姑娘长得不错而且也没打疼我，但是这个莫名其妙的嘴巴子我还是得问个明白。

“小姑娘？你……”

我还没等问完，女孩突然转过头瞪了我一眼，我感觉到一阵微微的眩晕感，有点像椅子上坐久了突然站起来那种恍惚间的晕厥感，虽然相当轻微。

“你瞪我干什么？”我扶着额头问。

那女孩的神情突然显得异常兴奋和惊讶。我见过很多那种因为各种惊喜而五官扭成两团麻花或者眼神能爆出火舌的夸张表情，但是还真没见过这么夸张的。

说实话，我有点被吓到了，紧张地整理了一下凌乱的衣领。

“你还记得我瞪你？”女孩的问话中还带着颤音。

“当然啊，我又不傻。”

“你还记得我抽你耳光？”女孩声音中的兴奋感觉马上要决堤了。

“我还怕你不记得呢。”

女孩开始绕着我转圈跑，让我感受到我似乎招惹了一个运动神经很发达的女孩。

我刚要开口，她突然不转了，而是若有所思地说道：“我明白了，你是顾兰老师上午跟我说的那个超忆症患者。”

我点了点头。

2

记性太好能被称为一种疾病，我也是这几年才听说的。

我被诊断患有“超忆症”。

超忆症，简单来说就是记忆力太好。从小到大发生的所有经历、所有过去，都异常的刻骨铭心。如果回忆对他人来说是蒙眬的剪影，那么对我来说就是清晰和精致到每一个像素的纪录片。

我还能清楚地看见十一岁的时候吃的糖葫芦，还能感受到山楂冰爽酸甜的口感。

我还能记得每个课本的每个汉字、每个符号，乃至于每张纸页带给我各不相同的触感。

我还能想起第一次去海边的时候闻到的咸湿的气息和海风拂过脸颊的感觉。

只有超忆症患者才能理解，遗忘其实是一件很幸福的事情，太过完整的记忆其实可以很简单地摧毁一个人。

十几年来，我需要尝试着习惯这过于沉重和庞大的记忆。而且要定期地来顾兰这里做适当的心理咨询。

而今天，我在这家星巴克约了顾兰却没见到本人，而是终于见到了她之前总在提起的代理咨询师。

“当然是顾兰叫我来的，不然还能是谁？”面前这个永远安分不下来的小姑娘理直气壮地说。

“好好好，就算你是顾兰的代理咨询师。你也不能给我一耳光啊？”

她听到这里，突然皱了皱眉头说：“我很难跟你解释这个事情，我们还是赶紧进去喝点东西吧。”

我俩站在星巴克门口被里面喝咖啡的人当傻子看了一分钟后，我鬼使神差地同意了和这个女孩去喝咖啡。

星巴克那个一脸标准模板化的服务员递上两杯摩卡，她抬起手狠狠地捏了一下服务员的鼻子。

那个一脸懵的小伙子和目瞪口呆的我表情却出奇的一致，不过不消半秒，那小伙子的神情突然淡然下来，像什么也没发生一般走回去继续干活。

她笑着端过摩卡，走到了最角落最边缘的位子，然后一本正经神神秘秘地说：“我能删除别人的记忆。”

我差点没把咖啡喷出来。

“不用露出这种表情吧，你刚才也看见我拿走那个小哥的记忆了。”要不是我刚才亲眼见过她的本事，我还以为她疯了。

不过现在我会以为我疯了。

我说：“那个，能具体讲一下么？”

她瞥了我一眼，显得很不情愿的样子

“我告诉你啊，要不是顾兰老师嘱托我，我才不会透露给外人半句。”

我尴尬地点点头。

“世界上有些人呢，有那种可以删除别人记忆的能力。当然啦，我就是其中之一。这种能力的强弱差异非常大，我的极限就是偷走别人最近五分钟内的记忆。”

像她这种轻描淡写地说出惊世骇俗话语的风格，一时间还是没能让我接受。

我思考了片刻，感觉问题越来越多，像是凌乱的线团，没有线头，没有头绪，不知道该从哪里问起。

“等下……顾兰知道你具备这种能力？”

“早就知道啊！喂喂，你以为顾兰老师只是个简简单单的心理咨询师？她的团队，在什么脑记忆啊、脑电波领域啊，都是有出类拔萃的科研成果的！”

我一边是震惊，一边是别扭。

“还有一点，你说有些人，也就是说能删除记忆的人还不止你一个？”问的时候我不自觉地提高了嗓门。

她赶紧示意我压低声调，我反而觉得这种话就算上大街上喊，恐怕也不会有任何人相信吧。

她说：“那当然不止，但是也不多。具体有多少，顾兰老师说她也不清楚，但是很多人都应该见过这类人。”

我说：“我也见过？”

她说：“当然，只是你的情况太特殊了，超忆症患者估计比我们还要罕见。哪怕见过你也不会有什么异样的。一般来说，记忆力比较好的人，被能力不强的人删除记忆后，会留下残缺不全、蒙眬的印象。比如有些人常说某个场景如同前世经历过什么什么……其实不是前世，是他之前就经历过，只不过被我们偷了……”说到这里她突然停顿了下来，晃了晃手里的空杯子，里面只剩下浅浅的奶油，然后眼巴巴地望着我手里那杯咖啡说。

“那个……你那杯喝不喝了？”

我木然地摇摇头。头传来一阵恍惚的刺痛，像是有什么东西渗进了记忆里。

然后她捧起我的杯子把摩卡又一饮而尽。豪饮之后，她舔了舔嘴唇接着说：“你呢，因为记性好得不像话了，于是我连偷走你的记忆都做不到。”

我看着外面的积雪发呆，恍然间被灼目的雪光召回现实。

我说：“跟你一样的人，都在做什么呢？”

她仰起头好像在翻白眼的样子，一脸艰难地点数着：“这个，我知道的也不是很多。有的好像跟我一样，准备做心理学方面，因为有先天的优势嘛。你看有的人为情困，为财困，直接把记忆吃光光，不就没事了？这心理咨询水到渠成啊！”

我心想，这暴力心理开导，哪是水到渠成啊，大水崩沙还差不多。

“有的呢，就进入黑色地带。比如小偷，拿了你的钱包，删你的记忆，你根本就想不起来钱包是咋没的。”

“这分明就是抢了吧。”我忍不住开口。

“有的呢，就街头卖艺。比如你看桥边有个老汉二胡拉得不错，想给钱，刚给完，老汉就把你记忆拿了。结果你又想，老汉二胡拉得不错，给点钱……”

我没忍住，笑得很不文雅。

我说:“这都什么歪门邪道，这么好的能力不能用在正经地方？”

“你呢？”她歪着头不怀好意地问我。

“我？我怎么了？”

“你一直在问我问题，到底是谁来做心理咨询？顾兰老师告诉我说，你早些年，还靠记忆力记牌在赌桌上致富？”

我一时语塞，不知怎么回答。

“然后还当过仓库管理，据说八个月前来送海鲜的大叔的儿子叫啥你都记得。”

“这又不是违法乱纪的工作，怎么就不能做了？”我反驳道。

她说：“你这就不是歪门邪道，是名门正道？过目不忘啊，多好的苗子，参加个什么益智综艺节目也行啊。啧啧。”

我说：“打小儿我就不喜欢上学，不喜欢热闹，找个简单又安安静静的工作，不挺好的吗？”

她一边听一边相当敷衍地点头，一脸悲天悯人的作态，然后摆了摆手说：“好好好，你怎么都好。顾兰老师叫我来主要是教你怎么遗忘。疗程三个月，治不好也收费。她是大忙人，没时间总陪你这个活 U 盘谈心。”

活 U 盘？难道顾兰私底下就这么叫我？这形容记忆力好也太草率了吧。

我说：“那也行，你先告诉我遗忘这种没边没谱的事情，怎么个教法？”

她说：“这你就甭管了，你叫莫忆是吧。”

我点点头。

她突然忍不住要笑：“你还真是人如其名啊，莫忆莫忆，你到底有多不想记忆啊。我不记得我真名叫什么了。我姓程，大家都叫我程忘，忘记的忘。”

3

程忘说她跟顾兰看上去像姐妹。我当时就反驳说，别说姐妹了，我感觉都不是一个物种。

顾兰给我的第一印象，乃至于到现在，都温文尔雅、和蔼可亲，如同邻家的知心大姐姐。

程忘浑身散发着不靠谱的味道，说话就像放烟花一样满世界窜达，举止也没有半点女孩子的样子。我一直猜说程忘小时候在家里一定是当男孩子养的，没准习惯剪寸头习惯上男厕所，散发着雄性荷尔蒙。即便在屋里，她身上也永远披着我那厚重的大衣。

而且顾兰绝对不会跟我初次见面第一天，就在我家沙发上打滚吵着要吃山楂片。

程忘就会。

我看着一脸无辜，被黑色大衣裹得像个粽子一样的程忘简直不敢相信自己的眼睛。

我说：“你这个小丫头片子，一点防人之心没有，你跑来一个单身男子的家里，就这么放心住下了？”

她说：“当然了，这是教学的一部分。遗忘的教学要渗透到生活的每个细节当中。”

我说：“行。你要说来这里住下也行。可你刚才说你没钱下楼买山楂片我就不高兴了。你去把那超市都搬空了，我估计那店主都不会记得你去过一次。”

她愣住了，然后低声慢慢地说：“滥用能力是很严重的事情。如果你把一个正在行驶的货车司机的记忆拿走一两秒，很可能酿成一场严重车祸。如果我把大街上随便一个人的记忆取走三分钟，可能三分钟前他还在家，恍惚间无法接受突然来到街上的事实，就会精神失常。”

程忘站起身，我第一次看到这个不着调的姑娘露出这么严肃和郑重的表情：“对我来说无关紧要的记忆，很有可能毁掉他人的一切。所以……”

“好了我只是开个玩笑。”看到她这个样子我突然有点慌了，“我还是赶紧下去给你买山楂片吧……”

我有点像逃难一样从她身边跑开，太阳穴隐隐地阵痛，身上的黑色大衣舞动得好似破败的旗帜。

4

程忘融入我的生活，某些时候显得很自然，某些时候又显得很突兀。

我和她，都不算是正常人。

一个，是极其罕见的超忆症患者。

另一个，是不知道是否更加罕见的，删除记忆能力拥有者。

我们像是矛与盾的关系，却依然具有很多共同点。

比如我们对于味觉享受都非常淡漠，因为我能清晰地回忆每种食物的味道，她据说是从小吃了太多好东西，剩下的都是毛毛雨了。

比如我们有时候都一根筋，都喜欢白茫茫的雪地，都爱看光怪陆离的电影。

即便如此，我始终认为和她很难说是一路人。

但她就这么一本正经，绷着脸做出一副不苟言笑的样子说："你别忘了，从现在起我们是一条床上的蚂蚱。"

"船，不是床。"

她说："不管船还是床，你必须事事听我指挥。这有两个任务交给你。"

"这是顾老师专门挑选的音乐。"她翻弄手机，放了几首听着蛮像二胡和大提琴混音，还有点迷幻电子的作品。

"这是什么怪歌？"我一脸迷茫。耳边的音乐是凌乱的噪音，让我的脑海里泛滥出不真切的幻影。

程忘显然无视了我对曲目的抗议。

“不光要听，还要看。”说着，程忘丢给我几本走迷宫、连环画、脑筋急转弯之类的东西。

“我可以选择不看少儿读物么？”

我说完抬起头，看见程忘不言自明的眼神，只好低头看起这堆明显不符合我这个年龄段的读物。

遗忘的教学非但没有一点高大上和正式感,反而更像是江湖骗子。

“你就坐在这里边听边看，持续六个小时。”

“行，我听。我认了。”我无奈地应允了这离谱的学习方式，“可这些东西我都自学了，你干什么呀？”

“我？”程忘指着自己，突然笑了起来，“我啥也不干，就坐在这里陪你。”

我想，这姑娘得傻到什么地步，跟一个男人坐在一起看六小时连环画。

5

时隔两个月，我终于又来到了顾兰的办公室。不过这一次，旁边还坐着一个永远不安分的程忘。

这个办公室的整个布局连一丁点儿的改变都没有，那盆绿萝，那个书柜，那幅相当抽象和神棍的插画，没有哪怕一毫米的偏移。

顾兰还是带着那样柔和与暖意的微笑问我。

“教学已经过去三分之二了，你觉得可以忘记东西了么？”

她温婉的声线依旧没有改变，和我准确无比的记忆近乎完美地切合。

“一点点吧。程忘也用她的能力在辅助我，经过之前您教我的调节方式后，可能我已经快要踏入遗忘的大门了。”

顾兰笑着点点头，然后说：“程忘，你先出去吧，我有点事情要跟莫先生私下谈谈。”

程忘满脸不快地离开，嘴上还不忘说着：“这么大个工作室，连一袋山楂片都没有。”

程忘走后，顾兰很轻声地问我：“你觉得程忘像我么？”

我说：“除了性别，我找不出你们两个的第二个共同点。”

她说：“大概吧。但是我自从见到她第一面开始，就觉得她非常亲切，就好像……就好像我的某个亲人一样。我仿佛有一个在之前从未见过面的妹妹一般，虽然我们并没有任何相似之处。”

我第一次见到这么话唠和絮叨的顾兰，眼看着她要把话题越拉越远，我连忙问出一个憋了很久的问题：“那个顾女士，程忘说你们在脑科学上的研究很有进展。”

顾兰的絮叨戛然而止，她恢复到那个泰然又温和的成熟稳重形象，然后说：“是的，我们主攻人脑的记忆和遗忘机制。可以促进人脑遗忘的设备已经研发出了雏形，只是对于人脑有太大的负荷。”

十几年来，超忆症带给我的负面效果越来越明显，我越来越难于入眠，越来越谨小慎微，我的每一步在记忆的窒息下都如履薄冰。

我听闻这里，掩盖不住笑意："我觉得没有什么负担比我这些回忆更重了。"

顾兰摇摇头说："我知道你愿意为遗忘这件事付出一切代价，乃至于敢当我们试验的小白鼠。但是还要再等至少一个月，起码我们要试试，你能不能自己学会遗忘。"

我对顾兰连声道谢。这几年来，我知道顾兰帮助了我太多，没有她，我要被记忆的无限细节、无限光影所压垮。我在离开房间时，对她深深鞠了一躬。

"真的谢谢。"

我隐约听见了门里的顾兰说着，不是"别客气"，而是"对不起"。

出来的时候，程忘呆呆地站在门口，突然转过头瞪了我一眼。

我一瞬间又感觉到了初次见到她时的那种昏厥感，这次更加强烈和明显。我霎时间有点脚下发虚，几乎不能站稳，不过片刻后那种感觉就消散了。

"你又要试着偷我的记忆？"我有点气恼地说着。

"这是顾兰老师嘱咐的，是教学的一部分。偷你的记忆是很累人的，每次都要头痛好几天，你以为我想？"程忘一脸不情愿地看着我。

"好了我知道你很累，但是我被偷的时候也头晕得够呛……"

她说："顾兰老师说了，这是超忆症患者对于自身记忆受到威胁本能的抗拒反应。你的大脑以好多好多好多倍的功率，很疯狂很疯狂地工作着，然后你就晕了。”

她说着从远远的窗边跑过来，想要帮我揉太阳穴。

“算了，我看你这手不知轻重，我自己来吧。”我用刚刚因短暂晕厥而血流不畅的可怜右手抚揉着太阳穴。

6

遗忘可能离我越来越近了。

虽然我还没能真正地彻底忘记某个事情，但是我的记忆力开始渐渐出现残缺不全的影像。那些好像蓝光 DVD 存在我这个活 U 盘里的记忆，现在有一些画质变成了标清。

“课程马上就要结束啦，遗忘教学的成果还是很显著的嘛。”程忘脸上挂满了骄傲的神情。

“可我真的还没忘记什么事情啊。连你昨天吃的那袋山楂片剩了 47 个我都记得，连我下午两点二十四分出门我都记得。”

她说：“但你已经记不清那袋山楂片准确的样子了，你无法完美地回忆出门时门把手给你的触感了。”

我点点头说：“的确是这样，但这不够，不够，远远不够。我还想忘记更多的事情，我需要忘记更多的事情，我……”

我越发歇斯底里，面红耳赤，甚至忍不住要哭出声来。明明越来越接近遗忘，但是我的情绪却越来越脆弱敏感。

我却发现程忘也红了眼眶。

在以往的日子里，我迷信自己的记忆，除了我脑海里跟现实死死铆合的记忆以外，我什么也不肯相信。

后来我愿意相信顾兰，而现在，我也愿意相信程忘。

我相信她们终有一天可以治好我的超忆症，可以让所有琐碎的小事都在脑海里烟消云散，可以让所有真正值得记住的东西都被镌刻下来。

程忘抹去了眼泪，她挽过我的手说："我们出去吧，去看雪，去看烟花！"

我们走遍了大街小巷，我们走过了繁华的街市和冷清的街道。我们闻着空气中的雪带来的清冽的气息，去看绚烂的冰灯闪耀。

我们买了两串山楂的糖葫芦，山楂饱满又圆润。口感和我十一岁的时候没有一点点变化，冰糖甜脆的感觉像是在嘴里五十年都不会消弭融化。

大雪覆盖了这个城市，寂静笼罩在夜空，我们在雪地里踏下两个人的脚印。

烟花炸裂在漆黑的星幕，倾泻着火光。

我无限地回味每一步走过雪地时耳边的嘎吱声，还有程忘的手温润的触感。

程忘笑着看向我，眼里又一次含着泪光。

她似乎说了什么话，但是我却一点也听不清楚了。

我突然感觉到极度的昏厥感，强烈的眩晕让我眼前的景象像水墨一样打散，蒙眬的光影变得虚幻又缥缈，我从未体验过如此强烈的不真实感。

等我恢复神智的时候，我眼前只剩下程忘的脚印。

对于普通人来说，记得一个事情要反复提醒自己千百遍，而要忘记，一次就够了。

对我来说，恰恰相反。

这大概是第一次，她成功删除我的记忆。

7

我回到了顾兰的办公室。

顾兰还是那样淡然地看着我，微笑还是那样的自如。这次不同的是，我的面前摆着一台机器。

跟我想象的不一样，我印象中的机器应该是一台笨重、精密、庞大，又如《时间机器》中那个看上去充满科幻味道的穿梭机一样。

但是这个机器，只有一个苹果大小，看上去小巧又极简，再加上上面的一根天线模样的物体，如果不说我还以为是哪个公司研发的新式路由器。

我有点莫名其妙，但想到顾兰深厚的学术背景和这么长时间以来对我的帮助，我还是很诚恳地问了一句：“这是遗忘机器？”

“没错。”顾兰点点头说，“虽然它可以帮助其他人完成遗忘，但是相对的，它给大脑带来的负荷也是难以想象的。人脑是非常精密和重视平衡的系统，过度的计算和记忆压力会给人脑带来怎样的异变，我们目前还没有彻底弄透。”

“我已经没什么可以畏惧的了。”我用很平淡的语气说着。

“你确定么？虽然我叫你活 U 盘，但人脑的记忆单元跟 U 盘不一样。人脑的记忆不是独立分割，也不是顺序存在。如果强行删除某些记忆单元，那么旧有顺序很可能被打乱，而且记忆之间很容易产生混淆和干扰，坦白地说，这与做某些残忍的人体实验别无二致。”

这次我没回答。

顾兰从我的眼神里，看到了我的答案。

她突然流下泪来，哭的样子让那个温柔又泰然自若的形象瞬间崩塌，像是一个彷徨无助的女人。我突然心头一紧，顾兰这种毫无克制的哭相刹那间让我无所适从。

我突然觉得我面前站着程忘，刚想喊出她的名字，全身却涌上一股海浪般的无力感，转瞬间侵蚀了我的思绪。

机器启动的瞬间，我脑海中传来极度强烈的眩晕感。天旋地转的感觉让我忍不住干呕，我感觉四周的一切都在凋谢、崩塌、分解。五感像乱麻一样扭在一起，眼前的色彩转瞬间被洗刷干净。

下一刻，面前是一片纯白。

我看见一个女孩站在我面前，是程忘。

8

无限空白，无限宁静。

我说："这是哪儿？"

她说："这哪儿也不是。这是你记忆的一部分，是你无限回忆的一个片段。"

我听了之后越发迷惑。无限回忆？记忆的一部分？

面前的程忘有一种雅致的气质，顾盼之间又不乏活泼和灵动。

我眉头紧缩，问道："你是谁？"

她说："我是你无限回忆的一个投影，是你的回忆所构筑的世界的终点。"

我没能理解面前的程忘所说的东西，回忆是现实的影印，应该是所有现实经历的复刻，而不应该是这样蒙眬的幻象。

我说："能说得简单一点么？我真的听不太懂。"

她说："你的记忆是逆序的，而不是顺序的。既然是逆向的，必然就有终点。这就是你的记忆的终结，所构筑的世界。"

记忆是一条汹涌的河流，它从过去流向未来，从未有一日停止，从未有一日逆行。

所以我在听到这句话的刹那，是万万不肯相信的。

她说："你最近经历过的事情，其实是很久以前的事情了。而你认为是以往的记忆，其实才刚刚发生。"

程忘打断了我刚要发出的疑问，接着说道："你是先接受的机器的遗忘实验。随后，患有超忆症的你，因为对自身记忆的保护，产生了强烈的排斥反应。再加上机器当时不成熟，给你带来了很大的负荷。所以你的记忆混乱了。甚至产生幻觉和虚假的记忆。而后她为了让你回归正常，不断地改良机器，不断地尝试，就是为了纠正你所有颠倒的回忆。"

我越发茫然："等下，你是说你夺走我记忆时的眩晕感，其实是那机器的副作用？可是你是个异能人士，你根本不需要。"

她摇摇头说："根本没有什么异能。从头到尾都是机器的作用。在你的记忆里，她的异能的眩晕感越来越严重。倒过来看，其实是那台机器的副作用越来越轻微，给人脑的负荷越来越小。"

我说："这么说，我所有的经历，其实都应该倒过来么？"

程忘说："不全是。应该是见到她开始，到现在为止的全部记忆，都应该倒过来。你们原本是情侣，她原本是一个脑科学家，为了你展开了脑遗忘的科研项目。在第一次实验失败之后，你的记忆开始混乱、颠倒。她只能一次次地尝试，一次次用机器删除你错乱的记忆，一次次地耗尽心血。”

程忘顿了顿，接着说道：“她陪你去看烟花，然后她希望能用三个月的时间纠正你混乱的记忆，她照顾你，引导你，甚至编故事给你听。异能，是你忘记了机器之后她想出的一个借口和托词。”

“借口？托词？”

“没错。对你来说，故事从喝完那杯咖啡开始。但是对她来说，故事从喝完那杯咖啡结束。”

不可能，这不可能，那个从不欺骗我、从不作假、从不出错的记忆不可能是混乱的、扭曲的，甚至是颠倒的。

我近乎偏执和癫狂地相信的记忆，拥有无限细节的所有回忆，应该是绝对正确和完美无暇的！

“不可能！你一直在说她，她到底是谁？是你吗？还是顾兰？”

程忘轻声回答：“顾兰并不存在，我也不存在。你把她睿智、冷静的一面在记忆里幻想成顾兰；把她天真、自然的一面幻想成了我。她在工作室如同扮演顾兰的角色；而在家里，则扮演我。”

我不相信，我不会相信！

“假的，你是骗子！真正的程忘不会这样说的，你不是真的，你……”我撕心裂肺地喊着，我吼得嗓子喑哑、喉咙出血，我的眼泪止不住地滚落。

程忘突然大声打断了我的咆哮，她说：“你的记忆根本就不是完整的。你好好想一想。

"你认为后来学会了遗忘，能让记忆变得模糊，变得不真切，那其实是机器功能不完美的体现。因为不完美，因为机器是实验期，你才有机会想起那些没被删除干净的零星碎片。

"你真正被删除的记忆，你根本就不会记得。你以为你只在看烟花的时候被拿走了记忆么？"

我恍然间脑海里像是想起了什么东西，被震得没有言语。记忆像被压制了太久的湍流，转瞬间将我淹没。

"为什么办公室的布置永远不会改变？"

我想起顾兰的办公室永远一成不变得像是一幅画像。

"为什么你从顾兰办公室出来那次，她会从窗边跑来？她理应原本是站在门口的。那是机器第一次完美发挥作用。"

我想起那天程忘从窗边跑来要帮我揉太阳穴的样子。

"为什么你在家里会听见大提琴二胡和电子乐的混音？那根本就不是一次听到的音乐，而是你混淆了多次的记忆。"

我想起我听到的那串混杂不堪的音乐，躁动的音符像是被压抑了太久的、激荡的脉搏。

"为什么我披着大衣吵着要吃山楂，而你去买山楂的瞬间大衣却在你身上？"

我想起她披着大衣在沙发上，下一刻大衣却在我的身后无声舞动着。

我的脑海中轰然一声巨响，无形间有大厦崩塌。所有回忆混乱的光影交织着在脑海里破碎重组，面前惨白又干瘪的记忆缓缓凋零。

终日所忆，皆成虚幻。

“最后一个问题，你和我喝咖啡的时候，我喝了你的那杯摩卡，但是你根本就不会想起，我什么时候喝完的自己那杯咖啡……”

程忘空空如也的咖啡杯一下子烙在我的眼前。

有如霹雳。

我的全身像过电一样颤动着，无数的记忆涌上脑海，随后又消失，那种默然的震惊让我好似万蚁噬身。

眼前的白色在片片剥落，程忘的身影也开始模糊。我只听见她的声音越发微弱，细若游丝：“所以，莫忆也不存在，你到底是谁呢？”

9

程兰把杯里的咖啡一饮而尽，她喝咖啡的姿态还是异常豪迈。

然后她小心翼翼地试探着问：“你那杯还喝不喝了？”

我摇摇头。

“顾忆啊！你真是人如其名。你总是点两杯，然后自己却不喝，让我一个人喝完两杯，是‘故意’的吧？”

我浅笑，没回答。

我们两个笑着走出星巴克，她高兴得像是要围着我转。

在门口，我轻轻地吻了一下她的脸颊。

她模样生得好看，但挑眉的样子实在有点滑稽，她捂着被吻过的面庞，说道：“你跟谁学的，怎么还会偷袭耍流氓了？”

说完，程兰缓缓抬起手来。

在星巴克门口，旁边的女孩突然给了我一个轻轻的耳光。

007 CHAPTER 劣等读心术

1

对着镜子刮胡子的我，看见自己头顶上写着大大的一个“饿”字。

真的是个饿字。

这不是夸张，从我的角度看过去，的确能看到头顶上近似黑体写着的规规整整的一个“饿”字飘忽地悬着。

如果在一小时前，我刚从床上爬起，睡眼惺忪的时间里，应该能看到一个“困”字。然后依次是“渴”，“憋”等一系列变换的汉字。

不过我现在脑海里都被饿意填满了，半点提不起其他的想法。这两天我半步家门也没出过，除了昨晚那碗泡面，再也没摄取过更多口粮。

一个人住，省了很多麻烦，也添了很多麻烦。

进食的本能诱惑着我的味蕾，我渴望着空调下的火锅，冷气里的烤肉啊。

叫上杜全吧，现在的他应该还在网吧奋战。虽然在这个时候打电话给他应该会让他烦躁不已，不过若是我答应请客，他应该会很乐意的。

“杜大仙，出来吃东西不？”

电话里传来短促有力的骂声，伴着“噼啪”的键盘声和频繁的鼠标点击响。如果我没猜错的话，他听到我的声音后骂了一句就把手机开了外放，扔到了桌面上。

果然，他一年四季就只在网吧里脾气最火热。

我说：“别急，我请。”

他应该把手机又拿了起来问：“几点？”

成功把杜全钓出来吃饭之后，我懒散地拖着身子来到街上。

一眼扫过去，满街来来回回地飘着黑体字。熙攘的行人大多带着“热”或“累”穿行，连成一排流动的铅字。饶有兴致地沿街看了一圈，才发现烤肉店门口的杜全头上顶着一个“烦”字，脸上也是满脸烦躁地看着我。

我走过去问："杜大仙到底烦什么？"

杜全说："什么都烦。今天过得太烦了。要是你不来请我吃饭，我这股邪火还真压不下去。"

我笑着说："大仙还有事情搞不定？你可是十里八村最有名的情感小能手。"

他说："有的是。别站着了，进去说。"

2

如我所愿，我们坐在靠着窗边的位子，吹着冷气吃起了烤肉。

酒过三巡，杜全头顶的字也从刚才的"烦"，变成了现在的"爽"。

我说："杜全啊，你这烦心事也太不走心了，这才几分钟你就给忘了，自己就爽起来了。"

他白了我一眼，"嘁"了一声说："我就羡慕你呀，羡慕你这双眼睛。你这种异能人士就会耍伎俩，哪能懂我们这些凡夫俗子的苦。"

我说："扯淡。怎么就异能人士了？你给我说说，脑袋瓜子上顶着个大字也叫异能？"

他指了指我的头顶说："注意你的措辞，那叫读心术。你想想，深知旁人心，千万人梦寐以求的能力。"

我说："搞了半天你就烦这个事？我告诉你这事也不是一天两

天了，再说那狗屁读心术就能读一个字，有啥用？”

他说：“一个字也是读心！”

我说：“行，一星期前那事你记得不。我妹妹问我要生日礼物，我看她头顶写着个‘高’字就送了个高跟鞋，结果人要的是高筒靴。”

杜全突然不作声了，他低头摆弄了几下手机，像是急切地跟谁发着短信。而后又抬起头来说：“那是你蠢，你连自己妹妹喜欢穿啥都不知道，怎么当哥哥的？”

我还没来得及反驳，酒精让我的舌头有点迟钝和麻木。抬起头来，突然看见窗边飘过一个赫然的“死”字！

那字太刺眼了，像一根铁钉牢牢地扎在我的视野里。

我吓得顿时清醒了几分，身上的酒劲被压得了无踪迹。窗外一个穿着白裙子的女孩，顶着一个死在街上走着，十有八九是要自寻短见。突如其来的危机感让我从椅背上弹起，我忙对杜全说：“哥们我有点急事！”

“唐觉你这个小人，又他妈临账脱逃！”

我也不顾上身后杜全的叫骂，连忙从烤肉店里抽身出来，迎着街上扑面的燥热空气追上了那姑娘。

那姑娘似乎感觉到有人在追她，猛地回过头来，茫然地看向我。

完了，我迎着她纯真自然的眼神，感觉死字当头的反而是我。因为我的确没法从她的面容中读出半点轻生的意思。明亮的眸子，上扬的嘴角，这位姑娘俨然比我要更加阳光乐观珍惜生活，还极有可能热爱体育运动。

我对她如斯了解，是因为这姑娘我认识。她是与我同系的女生白露。暑假之前我偶尔在学校看见她，头顶上都是“书”或者“吃”两字循环。起码就从还能吃这一点来说，至少也是个向往生活美好滋味的女孩，总不该动了轻生的念头。

我本就不擅长跟女生搭讪，尤其是长得好看的女生。更不好办的是，我素日里与白露本就是半生不熟的普通朋友，这下愈发尴尬。而她头顶的死还是那样瞩目，让我不由自主地把视线瞟过去。我也只好在唇齿间硬憋出一句：“巧啊，白露。”

巧什么巧？我跑了十几步硬追到人家身后去，还大言不惭地跟人说一声巧？

内心深处的千军万马转瞬间丢盔卸甲，随着时间流逝越来越难堪，气氛尴尬到了极点。

太阳烧得人影开始虚浮的炎炎夏日，让我一句话说得结冰。

结果白露浅笑着，也用一句话把我的处境化解了。

她抬起眼帘，很自然地说：“巧啊，唐觉。”

3

那天与白露硬着头皮聊了几句，我就找了个借口把自己支开了。但是那个醒目的“死”，还没能从我脑海里抹去。

我的读心术虽然性能比较恶劣，但是错误率到目前为止还是零。即便每次只能从他人当前想法中读出一个字，但总归没有错读的情况。

若是用“努力默念其他东西”这种方式，比如背课文的方式干扰读心也是很难的。因为我和杜全试过，那样头顶上只会写着“想”或者“背”字，而不会显示你真正所想的内容。

所以那天看到的“死”，一定就是白露内心深处最强烈的想法。就算从表面上看白露一切正常，可人心是一个很难用常理考量的东西。印象里，似乎也不乏那些生前看似乐观又阳光的人选择了自尽的例子。

该不会……白露内心有着潜藏的杀戮倾向？就像日漫美剧里面描绘的那种貌似天真实则残忍的少女。

不可能，如果那样的话，头顶上就会是一个“杀”字，而不是死。死字除了自尽以外，最多也就能延展到死尸、死亡等等层面，但无论哪一种都不是什么阳光向上的字眼。

我在脑海里盘画了很久，心乱如麻。一方面因为死字，一方面因为白露。

我对自己的开导能力根本就没什么自信，但只要给我一个机会和一点时间，我绝对不会放任白露的脑海里每天挂着这么可怕的念头。

她的事情，还没这么简单就结束。

借着杜全惊人的交际能力，也不知道他从哪里的门道盘来了白露的电话。

还好我们同在一个实践项目里面，让我有机会以工作之由把她约出来。

虽然约人这个环节以往都是由杜全完成的，由我的口中说出显得生硬又不自然，不过结果好歹是成功把白露骗了出来。

这一次见到白露的时候，她显得还是很正常，起码是一个不会寻死的正常女孩。她换了一条更加清凉的白裙，头顶上的死字也消失不见了，替换成了一个容易接受得多的“渴”字。

我问：“渴了么？买点喝的吧。”

她点点头说：“嗯。”

我们一路说说笑笑，然后在遮阳伞下面，乘着分外难得的阴凉喝着冷饮。被冰块浸着凉气的柠檬水像是把我浸透，带来了炎夏里一阵难得的畅快感。

机会是一个很奇妙的东西，在没有那个字在她头顶出现之前，我们可能就只是再普通不过的朋友，也许我永远提不起勇气创造这样单独相处的机会。

她问我：“唐觉，为什么突然有兴致出门了？我印象里你可蛮宅的。”

我笑着说：“哪里，那都是杜大仙信口雌黄。”

我说着一阵心虚，白露说得一点没错。如果我懒性大发，没准要一个星期不出家门。只有杜全才会孜孜不倦地约我出去玩耍，让我知道户外这两个字的真实含义。

到这里，我猛然想起来了约她出来的目的，开始试探着问："再说了，我就是真宅，也没事情做呀。最近书荒剧荒，什么都荒。你要知道什么好看的都给我推荐下。"

这跟我之前的猜测有关，如果那天她在街上想的是带"死"字的文艺作品，没准倒也说得通。这样套出话来，没准能解决我的疑虑。

结果白露的答案还真吓了我一跳。她看的书竟然不是文艺系小清新，反倒对推理、硬科幻、悬疑情有独钟。喜欢看的美剧，竟然也有悬疑恐怖刑侦类。就连听的音乐都显得很另类，一般女生喜欢听的流行欧美民谣她都觉得不过尔尔，而是偏好朋克摇滚和黑暗电子。

我实在无法想象一个清秀娇小的女孩带着 HIFI 耳机沉醉在沉稳有力的重鼓点之中。

而我又像找到了知音一样，跟她对科幻小说、电子乐侃侃而谈。她头顶也很快地切换成一个"悦"字，有如寻得知己。

诚然，我震惊又兴奋。我没想过看似文静的白露内心竟然这么别致的欢脱。可是这些东西里面，没有一个带有死字的。别说死了，连意思相近的亡、葬之类的都没有。我都怀疑她是不是就像敏感词检索一样特意规避了这些字。

4

难不成还另有其他原因？

我还在苦苦思索死字的缘由，却一眼间发现白露眉头微皱，头顶上“死”字一闪而过。那字虽然出现了短短一瞬，却是触目惊心。我的视线根本就移不开，牢牢地拴在她头顶。

白露不解地问我说：“我头顶有什么东西么？”

我说：“没有，我眼花了。”

然而我知道那定然不会是我眼花。刚刚那一瞬，死字确实是闪过了。起码说明这个念头还在白露脑海里残存着，虽然已不复往日强烈，但是终归还是有的。

她是真的想轻生么？这样的女孩，也会对人生毫无眷恋和希望么？怎么看，她对生活的热忱都远胜于我。我本不敢确信，但是已经开始渐渐接受这个事实了。刚刚那样的反应，或许是她对死亡转瞬即逝的憧憬。

可能越是外表坚强的女孩，内里就越柔软，越脆弱。

白露对我肯定是不同的，我现在能感觉到。我曾经对杜全透露过些许，关于白露的，我的心情、我的焦虑、我的倾慕。

他听我絮絮叨叨说完，只骂了我一句：“你人生就是一个大字尿，写头顶。”

说这话的时候，杜全头上是真真的一个“蔑”字，应是轻蔑的蔑。

我唐觉的确算是个尿人，有着劣质的读心术和劣质的勇敢。可只是一想到白露心里有着这么阴暗又寂寞的念头，我就忍不住要竭尽所能去阻止。

我说："走，跟我走。"

她问："去哪？"

我说："我带你逛逛。"

我带她走过我自己一个人喝的咖啡店，走过我一个人玩的电玩城，走过我一个人吃的实惠的川菜。她写着"饿"就带她吃饭，写着"影"就去看电影，写着"累"就陪她在长椅上坐坐。自从我拥有这项能力以来，还没做过一件有点意义的事情。我之前一直想，这种小花招，根本就算不上异能。而今天发现，一个字的读心术虽然简单明了，却也多少有自己的好处。

起码，至少能让一个人开心。

即便烟花只有一朵，若是为了一个人盛放，也足够了。

5

跟白露待的时间久了，我才发现自己活得太矫情了，简直就像是一位深闺怨妇。尤其是我给她念出我自认为很文艺的"若是为了一个人盛放，也足够了"这句话的时候，她头上明明白白的是一个大写的"酸"字，就像是眼看着一个腐儒书生，背着一箱笼的书简讲着文绉绉的酸台词。

其实她根本就没我想象的羸弱和憔悴，别说寻死，连伤感和失落的时间都挤不出来。她充满着幻想和极客精神，跟我这个理工宅有着无穷无尽的话题。

她的问题天马行空，让我始终猜不透。

头上顶着一个“恐”字，我还以为是因为看了恐怖片在害怕，没想到是在想“恐龙能不能打过装甲车”。

写着一个“落”字，让我误以为她落了东西，谁知在思考“雷神抡锤能不能陷落到地下去”。

这些可爱的想法有的让我苦思不得，有的让我拍桌大笑。

果然，她对生活的热忱，比我更滚烫。

那些日子里，我原本想让白露开心。从那天后，她头顶的死字再也没有出现过，反倒是像在让我开心。

本意想劝诫一个女孩在轻生的悬崖边上迷途知返的我，换位变成了被唤醒和鼓舞起生活热情的人。

偶尔，白露也会有一些想法对我闭口不谈。比如不定期出现的“诺”字，稍纵即逝的“信”字。我也不知道从哪里问起，只能循序渐进，旁敲侧击，但是却半点有价值的讯息都没有盘问到。

时间过得太久了，久到我已经开始渐渐忘却我是怎么跟白露成为恋人了。只是那个“死”成为我心底里永远没法释怀的一个芥蒂、一根倒刺，偶尔会刺得我不得安生。我怕这样滚烫的白露有一天又会凉下来，脑子里又会带着那样阴冷的想法。

终于，我又忍不住问白露："白露，相处了这么久，我一直挺好奇的。"

"你说。我也好奇你好奇什么。"

我视着她的眼睛问："白露，那天我在街上叫住你的时候，你准备去干吗？"

她突然怔住，笑容也僵了下来。虽然还是在笑，不过喜悦已经被洗刷得一干二净。她头顶上"惊"、"怕"等等的心情不断地切换着。我没能看透她的心思。

她说："我找个机会告诉你吧。"

最后她头顶上变成一个"愧"字，而我也不敢再问下去。

我不该问的，她差点被我的好奇淹死。

6

那天之后，我就分外后悔。其实我心里本已经渐渐有了答案了，初见时白露在街上走着，以她跳脱的性格，很可能想的是"人死之后灵魂会不会像热气球膨胀一样上天"这类神经质的问题。问来问去也没多大的意义。

只是那个愧字到底意味着什么？对她来说，于我到底有何愧疚可言呢？

我只恨读心术实在是太劣质了，劣质到这样关键的一个问题却读出了最让我费解的只言片语。

为了放松心情，我又约杜全周末出来打电玩。

杜全见到我的时候，脸上的表情相当的不友善。他阴沉着脸向我靠过来，头上写着刺目的一个“杀”字！

这搞什么？白露好不容易让我感觉到了正常，杜全又开始弄这一套？这杀又算怎么回事？这位情感大仙到底是缘何要动了杀机？

我的反应比思绪转得要快得多，吓得要魂飞魄散还不忘抽身就跑。他却按住了我的肩膀，一边低声说：“兄弟，对不住了。”

完了。全完了。我连情况都没搞清楚，命就保不住了。看他从口袋里娴熟地掏东西，估计是要弄把匕首一下戳得我肝胆俱裂七孔流血而死。

杜全的嗓子浑浊又喑哑，他一字一顿地颤着说：“我骗了你。”

骗我？骗什么？

我被弄得一头雾水。杜全说完清了清嗓子，连咳了半天，咳得脸涨红着，眼泪都要出来。

他说：“刚刚那个声音太伤嗓子了，不能再玩了。”

我说：“啊？”

他说：“好了不玩了，吓吓你这屃货得了。情况是这样的，白露这个姑娘呢，跟我打听你这个人。她是个好姑娘，挺喜欢你的。

我看你对人家也挺有意思的。咋说呢，因为你太尿了，人家姑娘也害羞，你俩就差个药引子。”

我反问道：“药引子？”

他说：“嗯，就是你第一天见到人家，人家脑袋上顶个死字么？那一幕是我设计的。白露觉得骗了你问心有愧，但我看你俩今天两情相悦的，锅都给我背，行吧？”

我猛然想起杜全在烤肉店埋头玩手机的一幕，心中豁然开朗。怪不得当时那么凑巧，他刚刚摆弄完手机，“死”字就从窗边飘过。而后又想起白露的“信”和“愧”，终也是知晓前因后果。

全部是杜全精心的设计使然。

不过我是不会怪杜全和白露的，反倒是解开了堵了太久的心结。因我无论如何都不愿相信白露会放弃生命，那个字眼跟我印象里的她形成了太过强烈的反差。这简直让我耿耿于怀，俨然成了一块心病。虽不显眼，我却怕早晚有一天要发炎溃疡，成为一处大伤。而现在一切了然，我又身轻数许，自可以坦然接受。

我这么尿一个人，不来点外界刺激，没准还真要尿一辈子。

但是还有一点，还有最关键的一点。即便我能接受杜全这样设计我，即便我能理解白露当时为什么要骗我，还是有一件事我到现在都没明白过来。

我问：“不是，等等。这些都是小事。但你说她头上顶个死字，那字说顶就顶啊？不是试过读心不能干扰么？”

他摇摇头说：“正常是不能。但是如果在脑海里反复地、深深地想一个黑体字的形态，就单单是想那个字的话，是可以改变的。”

我一摆手说：“咋可能有那么好想？我才不信我的读心术真有这么劣质，还让你一下子就给破了？”

他白了我一眼没说话，头顶上依次飘过四个醒目的黑体字。

“妈”、“的”、“智”、“障”！

008 CHAPTER

青无常

“你以后，要三天换一次皮囊，六天走一趟黄泉。”

——青简

1

我是在午夜被她叫醒的。她轻点我的额头，我倏然间感到脑后一阵锐利的刺痛。这痛深刺入骨，难以借言语描述。

她说这是一点小伎俩，无论睡得多沉的人都是铁定要被痛醒的。

抬起头来，青简站在我的床边，面无表情地盯着我。她翠色的衣摆荡在空气里面，映着浅浅的绿芒。

“青简，你这样很吓人的，真的。我要是胆子小一点，绝对要……”

她打断我说：“该换身骨了。”

青简左手在空中轻点，一根幽幽的烛隐隐在空中烧着。那烛火烧得只剩极短的残蜡，象征着我在这副身体里面呆的最后时日。

我说：“明白。”

其实我已经察觉到身体上隐隐的不适感了，眼前的景物越来越昏暗，四肢愈发的沉重和乏力，连青简的话声都听不大真切了。

该走了。

我问：“青简，我在他这里呆了多久了？”

她一边在我的身周点画着符咒，一边答说：“和上次差不多，呆了半个时辰左右。”细密的雕纹在我的周身蔓延开，碧光如潮水阵阵涌上来。

她口中喃喃地念着什么，我听了这话十几次，却没有一次听得清楚，记得下来。

我感到一阵窒息的空虚和轻浮感，从刚刚沉重的躯壳里面脱身出来，化为淡淡的白烟，像是一口气就要吹散在空气里。

我本该死了，现在只是一缕魂魄。

我看着躺在床上安眠的这副身体，他的记忆抽丝剥茧般从我的脑海里一一剔除，我又渐渐忘却了属于他的诸事。

也是，这身骨的主人本就不是我，该还给他了。

她说："走，去下一个。"

我问："你找好了？"

她点点头说："是个好住处。年三十，身强体健，喜早睡。"

我有点不大放心，又追问了一句："男的女的？"

她长袖一摆飘出屋子，我紧紧跟着，只听她低声问："魂还安稳么？"

我说："嗯，上一次走那趟黄泉之后，安稳了许多。现在呆在人世十日，也不会躁动了。"

她说："切不可掉以轻心。稍有异样，就用我给你的玉环唤我过来。你这次已经呆了四天了，我怕途生变故。"

我说："不必这么忧虑吧？近日情况不是已好转得多了。"

她颦着眉，终究是放心不下，她说："我心里总不踏实，像是有恶事即临。这次我全程陪你，寸步不离。"

青简是不说废话，不添累赘的。如果她如此忧虑，也一定有其道理，我自然无需过问。

屋外有大风呼啸而过，震得窗沿发颤。

2

青简少言寡语，因为她是一位无常。

不是黑无常，不是白无常，而是青无常。

我于家中死去之后，黑白两色的气雾本已在空中盘画一个太极出来。我想大概是黑白无常要来索魂，但是那太极盘还未生成，就被一道青芒射穿，崩裂成两色细沙。

随后，出现在面前的不是黑白无常，不是人人想象中黑衣白袍的两位鬼差。

而是一袭青衣的女子。她透着淡淡的碧光，披着过肩的黑发，面容秀美又清冷。

见到她之前，我不知道世界上竟然有青衣的渡魂者。即便有人这样说，我也是断然不敢确信的。

我战战兢兢地问：“你……也是无常么？”

她轻声说：“我是青无常，青简。”话音虽轻无情感，焦虑却写满脸上。

已死之人，本应了无牵挂。但她的不安满溢出来，顺势把我填满，让我迫切地想知道一切原委。

她说：“你的事，黑白无常已经管不到了。能管的，只有我们。”

我们？青无常又有多少？

我是万万回忆不起到底经历了多么奇诡的死法，跳出了黑白无常亘古的法理。但是事已至此，只能借势一路走下去。

我只得问：“我究竟怎么了？”

她说：“人死魂未断，天地否。你以后，要三天换一次皮囊，六天走一趟黄泉。”

言罢，她一指点在我胸口，我胸前泛起一片青光，微微发烫。我的魂像是被她牵着，从此游离四海。

在那次见面之后，我一直有很多问题想问她。包括为什么我的事不是黑白无常经管的，什么叫‘人死魂未断’，青无常到底是什么，到底有多少。只是稍有提及此事，她便说：“冥规不许我答。”

既然不许答，我也就按下好奇不再问。她缘何伴在我左右，缘何又成为青无常，也都无从得知。大概只有关于我自己的事，她才能作答。

我问：“这次的住处，是做什么的？”

她说：“算命的。”

算命的？也不知道那位没准蹲在哪个天桥下面的算命先生能不能算清自己的命数，马上就要被我这个游魂附体了。

我的魂游历过司机，厨子，小贩，三日一更迭。我却不知，是不是青简有意为之，我所有的住处都是平民百姓，绝无声名显赫之人。

夜里的暴风更加粗烈，像汹涌的山洪把城洗过，扫起所有的碎物尘土。

我们两个掠过城市的上空，划出一白一青两道浅淡的光弧。凡人若没有灵视是看不见的，他们看不到我，也看不到诸多无常。即便我们从他们的头顶掠过，至多也是颈后一阵凉意。青简通常只是面无表情地飘行，偶尔会看着万家灯火出神。

夜里街上行人寥寥，我像是一阵微风穿行而过。却在蒙眬间看见，一个女孩在盯着我们两人看。

已经是凌晨了，怎么会有这般年岁的女孩孤一人在外面？

而且那绝对不是无意间的轻眺，而是刻意的凝望。那眼神看我们看到入迷，像是遇见了什么痴醉的美景。

只是我想到人间本就有所谓灵视存在，也就并未留心。

青简一指点在我胸口说："附体的符阵我画好了。"一道绿芒从我的胸前连向远处的一栋楼，身上的白烟在渐渐凝聚，顺着那道绿芒消弭。

我静静地感受着新的身骨，身体的充实感从四肢百骸传来，全身律动着的是有力的脉搏。

起身之后，发现身在一间简陋的居室，空气里弥漫着闭塞的陈气和墨水味道。

墙上用毛笔点画了一些符咒，青简说那些都是冥界的数字，我并没看出其他的含义。

除了板凳，茶具，地上散落的纸卷之外，屋子再没有更多的物件了。与其说是房间，不如说是用一幅字画包裹的箱笼。

之前我附体的都是寻常可见的职业，第一次来到算命先生的家里，多少觉得有点诡异。尤其是墙上这些凌乱的冥文，让我更是忧心。

青简在空中喃喃道："引泉眼九三生，这不对……无常道怎么可能会……"

沙砾在窗外打得“噼啪”作响，青简看了那些涂画许久说：“我现在也不知你这身骨的主人到底懂不懂冥文，因为其中八九都是散乱的数。而剩下的词句晦涩不通、支离破碎，更像是梦中呓语。”

我问：“现在怎么办？”

她说：“我要借你这身骨查看下。明天你照旧去街上算命，也许能把事情理清。”

3

附体之后，记忆会缓缓地和我桥接到一起。

我会渐渐细碎地得知，这身体的全部过往。但是我离体之后，这些记忆又会无法遏制地流逝。就像是刚刚醒来时，所回味的残梦一样，明明就在脑海里，却只能看着光影渐行渐远。

其实我原本只想保证肉身不损坏，保证主人回魂之后不会发现自己磕了碰了缺胳膊少腿便是。

但毕竟他还是会依稀记得这三天发生的种种。为了报答他能让我暂住这三日，我也会按部就班地做他原本做的事情。

应读书便读书，应下厨便下厨，应打杂便打杂。

譬如现在，我要给人算命。

一个魂附到一个算命先生的身上，带着一位青色的无常，给别人算命。

我之前一直根深蒂固地认为算命都是些年过半百的老人家的活，没想到还有三十正当年的男人做这些行当。

记忆告诉我，这人算命也有些年月了，可竟然脑海里没有任何阴阳术数。依然也无从得知他平日里如何给旁人盘算命理。他家中的行头也实在是有些许简陋，除了一封纸卷、一张板凳、一个布包。就什么也不剩了。

我背着那老旧的帆布包，走在还未亮透的阴翳里，回到记忆中他一直蹲坐的那个路口，静静铺开涂满了鬼画符的纸卷。

大风把纸卷吹得如猎猎旗帜，我按了又起，只好用包压住。

我问："青简，这画的什么？"

她垂下眼帘，只扫过那纸一眼。

"是冥文。"

我问："什么意思？"

她答："八个字，'天高地阔，我辈逍遥'。"

我盯着纸卷思忖片刻，又翻过背面说："背面这些呢？"

她答："还是八字，'好酒予我，生而行乐'。"

正面是意境开阔的句子，背面更带些不羁的气质。想必应该深有内涵吧。

我问："这在冥界有什么深刻寓意么？"

她答："没有。"

搞了半天，估计这人也不知道自己这破纸上到底写了些啥。其实我也发自肺腑地没听出来这十六个字跟算命到底有啥关系。我虽记不起，不过多少能猜到，他当时只是觉得这纸玄之又玄，多少有点门道，就拿来用了。

我问："青简，你能看到别人的命数么？"

她迟疑片刻说："如果你说的是死期的话，黑白无常是可以的。"

言下之意，大概是她是不可以的吧。青无常与普通的黑白无常到底有何不同，我到现在也未曾弄明白。

之前我曾执意问过青简，无常到底有多少。她很勉强地告诉我说："无常，有生魂三万三千三百。"

三万多名？那岂不是有一万多对无常？而又没见过青简有自己对应的无常，还是说所有的青无常都是独来独往？

那时我说："可我印象里，黑白二爷应该只有范无救和谢必安才对。"

她答："也只有他们能被人记住名讳。"

此后再问，绝口不提。

我收拢思绪说道："凡人的命数可不单单是寿命啊，姻缘、机遇之类，全都是命数。说穿了，是人的整个未来。正因为人们看不见，才需要算命的。"

言罢，我才发现青简望着远处出神，我顺着她的视线看过去，只见一个女孩远远地站在路边。

她把两手背在后面，像是在踱步。大风鼓着她的衣裙，她像是浑然不觉。

这女孩……应该是昨日里我见过的那个。天还微凉，她站在那儿要干什么？她到底又是谁？

我附体之后，是她所不能见的。青简身为无常，也不是一般的灵视能窥探到的。如果是灵视的好奇，应该也讲不太通。

我说："青简，那女孩，能看到你么？"

说完之后，右手上她送我的玉镯突然热得发烫，灼得我痛了一下。她食指轻点在玉镯上，那红炙的镯才渐渐安稳下来。

她说："我心神不稳致此，见谅。"

青简说这话时焦心的面庞，像是又回到她第一次见我时的模样。

4

青简初见我的时候，所有的情感只维续短短的几瞬，就恢复到和现在一样的清冷。那时的她，是死活不肯让我叫她名字的。

她说："你若唤我，便叫无常。"

青简原本不想旁人提及她的名字，她的名讳只能是无常。

我喊她"无常"喊了许久，直到我和她第一次走过黄泉路，忍不住喊了一声："青简！"

那次她没驳斥我，而是把手上的玉镯脱下来，戴到我右手上。

现在，这镯子还安静地套在我手腕上。平日里若是情况有变，我就抚过镯子两圈，青简会从我身后伴着阵阵绿芒赶来，一边低声说：“我来了。”

而她今天就站在我身旁，一刻未曾远离，脸上的表情，正像初见我一样。

她的眼神始终不离远处那个女孩，愁容不改。只是女孩也未曾靠近，始终在附近徘徊。

我说：“青简，如果你放心不下，我们走远点就是了。”

她说：“这逃不开的。如果今天不早早解决，后患如影随形。”

后患？这女孩到底有多凶险？

一个上午我给三五人算了命。女孩始终在不远处静静凝望。我本是放心不下的，但是想到青简就在我身旁，也就宽心下来。

算命这种事，我也没法说出个所以然，只能听了所谓生辰八字，讲一通玄机妙理，凭着桥接的那点记忆应付了事。

我连个半吊子的算命先生都算不上，只是个住在这身体里的临时工。人家问我什么，也只能见招拆招。反正既然是来算命的人，怎么可能没有多少几件烦心事呢。

问我身体的，我说保长生。问我姻缘的，我说有桃花。问我事业的，我说龙腾起。问我子嗣的，我说题金榜。既然是临时算命，何不让大家都讨个开心。

有时说得兴起，一板一眼，头头是道，让我自己竟也忍不住相信。青简这时候，就会投过一道复杂的眼神，我便收敛几分。

我板着脸胡说八道，也算蒙混过关。

只是没想到这先生的生意竟然这么好，如果不是赶上大风沙，怕是客人更要多上几番。

那女孩站了许久，看了我算过许多人，才终于动身。她十一二岁的模样，穿着浅蓝的衣裙，梳着俏皮的马尾从路口走过来。步履轻盈，面带浅笑。

我心里在这个女孩身上一直有个结没有解开，凌乱如麻。如果女孩这样过来问我命数，倒让我舒心许多。

青简轻轻飘向我说："这孩子，看得见我。"

她又接着说："小心。"

我很少见到如斯谨慎的青简，差点紧张到结巴。我问："小姑娘，来算什么啊？"

女孩别过头，撅着嘴说："我才不是来找你的。"

那女孩指着一旁青简的位置说："我能让这位姐姐给我算么？"

女孩说这话的时候，我地上那发黄的纸卷竟微微颤动，像是在俯首战栗。

这位女孩……竟然让一位无常替她算命？我看向青简，不知道这位无常听到此言会作何感想。

青简俯下身来，她的手顺过女孩的脸庞。虽然女孩有灵视，但是应该只能感觉脸颊上掠过丝丝微凉。

狂风透过青简，掠过女孩的脸颊。我连忙避下，险些被砂石迷眼。

女孩的表情十分复杂，也无从读出究竟流露出哪种情感。但我总归知道的是，这不是一个十几岁的孩童能露出的微妙神情。

青简轻声问：“小姑娘，谁派你来的？”

那女孩抬起头，笑着说：“姐姐，你先回答我一个问题，我再告诉你。这才公平嘛。”

青简说：“你问。”

女孩语速越来越缓，到最后一字一顿地问着：“你，想得到无常道么？”

无常道？昨夜里青简看了墙上字句，口中也念过这无常道。

青简听罢双眸轻闭，一指点在女孩的额头，厉声爆呵道：“醒！”

我从一旁看到，青光像一柄极窄的断剑从女孩的额头刺过，直贯后脑。光纹从青简手指处绽开，女孩的神色先是呆滞，然后倏然清澈起来，那种复杂的神色也转瞬间褪去。

原来这就是青简用来叫醒我的技法么？

我说：“青简，你刚刚是……”

她说：“是‘醒指’，一指醒世人。”

女孩一下子要瘫倒下去，我连忙去扶起，我说：“青简，这女孩不像是醒了，反倒像是要睡着了。”

青简说：“她应是中了某个道人的夜寐之术，已经伤了魂体。虽然我一指点醒了她，但是要想恢复清醒神智，还要许久。”

夜寐之术，听名字应该是某种道法里类似催眠术的东西。我管不了什么诡异的道人，也未曾想这个时代的道术，只扛起那女孩说：“先把她安顿好，剩下的事以后再谈。”

她眉头微皱，眼神在女孩身上游离，点了点头说：“希望她有福报。”

5

送女孩去医院的路上，青简一直欲言又止。

她问我："凡间的医，能治好魂么？"

我答："肯定是治不好的。不要说是治魂，就是肉身，也有许多难以根治的顽疾。"

她说："这姑娘跟了你我一日，是我大意了。我本以为她只是资质不凡的灵视，没想到还另有原因。"

我又回想起那一幕战栗的纸卷，脑海的疑虑越积越深。

我问："青简，为什么那女孩提到'无常道'，你便知道她中了夜寐？'无常道'到底是什么？"

她身上的青芒暗淡了下去，说："不要问了。"

看着青简的神情，是真切的不想回答，我也不好再问。我背着那女孩走了一会儿，发现风沙实在太大，刮得我连前路都看不清楚。

这城里的风沙素来不少，我是知道的，但是达到这种寸步难行的地步，还是异常罕见的。我们只好靠在墙边稍事歇息。她看着风沙乱舞，手倏然轻点在我玉镯上问："记得你第一次走黄泉路么？"

青简的话把我脑海里尘封的记忆抽离出来，打成近在咫尺的光影。

我想起我们两人在一片荒原上飞了许久。那时的我魂形散碎，白色的气雾黯然。如果继续在凡间待下去，估计要神魂俱灭。她靠着一片云影飘行着，在云层下对着云尖轻触，碧光把阴霾刺穿，突现一片连绵的群峰。

青简曾说过，青无常没有权力直通鬼门，因此要去黄泉，只能不走寻常道。就如同偷渡一般，从凡间行到黄泉，再去冥界，路途凶险，危机四伏。

那次我们走进那群峰之中，来到一处断崖前。她站在我身前，听着断崖下群魂撕心裂肺的哭号，在万仞峭壁旁迟疑了片刻。

她说："这下面，就是黄泉。"

我不知道无常会不会害怕，可能对他们来说心里没有住下'畏惧'的地方。但我拉住她，自己站到前面说："别怕，我胆子这么小，都没怕。"

随后，我们从云际一跃而下。

现在，她把住这玉镯，又提起那日的事情。我心中惴惴不安，想是前路凶险。

青简环顾着四周席卷的黄沙，缓缓地说："这是有人要'借黄泉'。"

青简指着我的胸口说："你现在这身骨的主人，估计有些渊源。那张纸卷，怕也多少有些来头。"

我感到背上的女孩愈来愈沉重，有如铅块，青简说："把那女孩放下吧。"

她说："这女孩，比我想的更复杂。她现在是泉眼。"

"泉眼？"

青简说："你这身骨的主人，大概拿了某个修炼冥界道术之人的书纸。"

乱沙狂舞。

我感觉到手中的纸卷发疯般地狂颤，像是要跳脱出来。女孩身周的砂石越来越细密，在她躺着的地上布成几道笔画。开始那字迹只是浅黄的淡影，随后砂石开始蹂躏和碾压所覆盖的沥青地面。

隆隆震响。

由沟壑写出的字像是烙在她背后的石土上，那是苍劲有力的，赫然一个大字。

“界”！

界字像是滴在宣纸上的墨点，飞速地扩散着。深邃的沟壑在地面蔓延，是城中一块炽痛的伤疤。

青简摇摇头说：“凡人贪嗔痴，若只是为了报盗物之仇，他却未曾想‘借黄泉’要把方圆百里的生灵都拖进去。”

沙土打在脸上火辣，青简是一介无常，不会被凡间之物所伤。但我现在还在肉身之中，被吹得要说不出话来，勉强吼出两句：“青简……还有没有办法跑开了？”

她双手在空中飞速点画，青光交织形成一道细丝，把我和她的手腕系在一起。

她说：“借黄泉是在人间搭出一道黄泉路。泉眼已开，诸魂皆来。已经不可能逃出这个界了。只是泉眼开在城中，不知要有多少无辜亡魂。”

我已能隐约看到黄沙之上有白色的气雾飘行，那大概是城中百姓的魂体出窍，要被吸入泉眼之中。

界字之内，无一幸免。

我勉强支撑着身体不被泉眼吸附，一边艰难地问："这种事情，黑白无常总会管的，冥界总不会放任万魂赴死对吧？"

她说："也许。"

一阵血腥味从泉眼弥散出来，黄浊的气雾把我吞噬。

6

我感觉自己在急速地坠下，昏黄侵染着我的双目。我勉强感到手腕传来微微的震动，是青简在牵那根细线。

上下都是一片无垠的昏黄，坠落似乎永不停息。我在空中止不住被狂风打得翻滚，青简却稳稳地浮在半空。

她说："这唤作'无底'，是黄泉的一处景致。那女孩身上的泉眼，就是通向这里的。在这里，要落上两个时辰才到得。"

这种接近癫狂的跌落感竟能称作景致，我也实在是无暇辩驳，因为要被迷雾呛得窒息。这黄雾闻着有种刺鼻的腥气，又隐隐带着点锈味。

看着我在空中打滚，青简过来稳稳地扶住我。

"青简……你能碰到我？"

"当然。这是冥界，魂皆有形。反倒是你因为魂质特殊，竟可以带着肉身进来。”

我看着漫无边际的黄雾略有些焦躁，如果要继续落四个小时，估计定要憋死在这黄雾之中。她伸手捂住我的口鼻说：“煞气伤骨。肉身在冥界不要贸然吐纳，要先憋气几十息。”

白色光雾从头顶倾斜而下，应该是城中被黄泉眼引进来的魂魄。因为枉死，魂魄的哀号凄烈又刺耳。

我问：“黄泉眼怎么办？就这样放任它在人界屠戮？”

她说：“那泉眼本就不稳，至多维续半个时辰就要封死。我怕这泉眼吸进来的不仅是凡人之魂，还有恶鬼。吸了这冥界的煞气，更要凶悍几分。”

她言罢，我听到身后传来阵阵“哔哔啵啵”的爆响。

转头，身后是万骨成山，魑魅化海。

如果我是第一次来冥界，怕是要吓得肝胆俱裂。

隆隆响着的骨山发出指节的碎响，赤色的雾霭是动荡的气旋，墨色的魂体绕着山体盘回，唤出锐利的尖啸。

我说：“青简，你说的就是这东西吧。”

她答：“是。”

说这话的时候，玉镯红得发烫。

我又回想起我们第一次去黄泉的时候，青简黯淡地悬在河边。我背着她淌过猩红的忘川河，蛇蝎毒虫在我的双腿上盘错。那镯子散着赤光，活活烧净了脚下的河水。

这一次，又是在冥界，又是炽热的玉镯。

她说："要把这东西拉回人界。要是它继续吸这煞气，便是范无救、谢必安二人来了也奈何不了。"

她把手从我口鼻上松开说："你不一样，你有肉身。肉身一时纳了五六息的煞气，气力要大上许多。你和我，应该能合力制住那骨山。"

魂如山洪一般从我身后擦过，像是悬在这昏黄之中一道灼目的流瀑。

万灵赴死。

她攥住我手上那玉镯问："怕么？"

我说："不怕。青简怕了？"

青简的衣摆一甩，碧光刺破浊雾，她摇摇头，看向我说。

"万鬼之下是魑魅，万鬼之上谓无常。"

7

我和青简用手腕上的细线将骨山盘住，只是微微发力，便把它死死锢住。阴魂绕着骨山，拖着浓烈的黑色尾焰，在空中割裂出几道疮口。

青简一边向上飘行，一边喊道："黄泉眼在移动，那姑娘竟然醒了。”

泉眼竟然可以移动？

青简话音刚落，骨山迸出数段细碎的骨节。我避之不及，被一块指骨正中额头。一时间没屏住气息，吸了几口煞气。

顿时眼前天旋地转，耳闻嗡嗡的尽是鬼魂号叫。即便镯子还在热着我的手腕，视线还是不由自主地暗了下去。

那感觉，就跟当初死去时一样。周遭的一切都在无可违逆的消弭退散，疼痛都成为了奢侈，只有无尽的疲倦、麻木和困顿。

我本来是已死之人，本来无可眷恋。

如果只有我孤身一人，我断然不会在这凡世多停留一秒。但是因为有青简，有一位无常比我自己还要在意和操心我自己的生死，能让我多少觉得，或者还算是一件挺有趣的事。

青简曾问：“我听闻，凡间有‘朝朝暮暮苍生愿，年年岁岁求太平’的说法，可到底什么是太平？”

我当时的回答是：“自己活着，而且自己在意的人也活着，就算太平。”

她说：“那只要有无常一天在，凡间就一天不太平。”

我当下被塞得说不出话，胸口被憋得发闷。

现在想想，青简说得不无道理。生死有常，而世事无常。人们所指望的天下太平，往往都是一厢情愿。真正的死，也绝非文人墨客描述的那么凄美和浪漫。无非就是跟着无常走，残灯冷酒，心甘情愿地进到下一个轮回。

等我再睁开眼睛的时候，正躺在一处陌生的街角。青简正准备一指点在我的脑门儿，我吓得在地上打滚说："不要用这个点我了，真的太痛了。"

风沙已经平息了，城市里一片死寂。因为黄泉眼的效用，这座城俨然是一座死城。每一栋楼宇，现在在我的眼里都像是墓碑。

青简靠过来说："有黑白在追回被泉眼吸走的魂，不必忧心。"

我看青简身上的光芒略有暗淡，左袖的青衣更是撕裂出一道豁口，便问："你没事吧。"

她冷冷地说："我是无常，自然无事。"

我想以青简的脾气，脸上是万万不会流露一丝苦痛的吧。

我问："那女孩怎么样了？"

她说："应是无事。因为在城里还没发现女孩的踪影，不知道泉眼封闭之后自己走到哪里去了。"

她指了指我说："对你来说，算是福报。因为黄泉眼把你拖进冥界吸了几口煞气，接下来又有六七日不用走黄泉路了。"

我想了想，也是。本来我的魂在凡界不安稳，如此一来，倒是安顿了数分。我只是怕这一城枉死，未免代价太大。

青简飘到我身前说："快些走吧。黑白们马上就要扫过这一片。你我应该都不想见到他们。"

我有点好奇，便问："为何不见黑白无常？青简你是怕他们，还是厌恶？"

她摇头说："都不是。"

我站起身来，恰是微风拂过，青简左袖被撕坏的地方，露出黑色里衬，那上面赫然纹着四字——“天下太平”。

这四个字，我印象中还有一个人身上有着，是范无救那黑帽上面。

青简回过头，黄沙在她身后席卷而起。她轻声说：“走吧。”

8

青简让我离了这座城。因为黄泉眼，像是又要开了。

她说：“那女孩定会再来的，有人定是跟了这算命先生许久。你附体这先生之后，城里就泛了阵阵黄沙。那，已是泉眼准备之时。”

我说：“明白。”

这位算命先生，想是多少有点来头之人，值得动这么大阵势，闹这么人干戈，甚至不惜以万灵赴死。被我附体，不知是福是祸。只是一日后，我便要从这身骨上离开。不知到那时，没了青无常的护佑，能否像今天一样逢凶化吉。

青简曾说，青无常一次只顾一人。所以她定然是不会顾及这算命先生的死活的。如果不是我附体之后不能随意离魂，青简定然会把我的魂抽出，然后让这人自生自灭。人命在无常眼里，可能本来就是很轻贱的东西。

但我每次都想让人活下去，两个也好，一个也罢。我觉得除我以外的人，应该大多都是眷恋尘世的。

我问："青简，你找好了下家住处了么？"

她答："找好了，是极远的闭塞小镇中，一户农家。明日晚大概就要起身。"

我说："这算命先生，接下来会怎样？"

她说："那女孩犹如一枚药引，只是棋子。这种泉眼，可能不止一个。如果黄泉眼接着来，会死。"

我用这个将死之人的身体发出苦笑，不知该说些什么。我靠在断壁旁说："青简，我前世究竟是怎样的贵人，值得你只顾我一个。"

话音刚落，手腕上的玉镯微微发烫。

009 CHAPTER

时间的奴隶

1

34:00

李凡看见了悬在那人头顶的时间，这是杀死他的奖赏。

对于有选择性杀戮的李凡来说，时间非常珍贵。算上之前杀掉的那个被通缉两个月的毒贩填充的时间，他还有五十二个小时。也就是说，李凡在接下来两天多的时间里，必须再杀一个人。

在杀人这个永远学不完的课题这件事上，李凡还是个新生。他还是会颤抖，还是会胆寒，还是会连着几夜合不上眼，脑子里反复都是自己挥刀时太过炫目的光影。

毕竟，他也只杀过那么一次人。

而现在李凡的心跳又快了起来。

他的小饭店准备打烊，印着“莫家菜”三字的招牌在昏黄的路灯下已经渐渐看不真切。

李凡抬起头看了看那个被油烟烤得有点油腻的挂表。

九点四十分。

那个点了五瓶啤酒的客人还是没走，穿着深褐色的破旧长袍，戴着一顶太过厚重的黑色皮帽，但是李凡知道，他是连杀七人、抢劫珠宝柜台的要犯。这是特大刑事案件，滚动播放的监控录像，还有清晰的脸部素描让李凡记忆犹新：不是想象中狰狞的面容。

即便这个灰头土脸，深埋着头的男人有意隐藏自己的面貌，但在这个初秋显得格外不自然。

李凡还是不算困难地认出了他。

李凡觉得心房一阵急促地律动，藏在案板下面的水果刀如果隐在袖口，佯装自己要给他续上下一瓶酒，开启那酒的瓶盖，缓缓地靠近然后……刺下去。

也许会很容易得手。

贯穿喉咙和胸口并没有太大的区别，他都会在一阵喑哑之中丧失血的温热和全部气息。

34:00

这点时间，能解李凡的燃眉之急。他靠近了那男人，呼吸粗重起来。

出手。

银芒一闪，那人的脖子被李凡的水果刀钉在桌子上，被刺穿动脉之后血迸溅出来，染了李凡的衣袖。李凡恍惚间看见，那人死时盯着李凡笑得癫狂。

他在笑什么？将死之人，缘何痴狂？

李凡还没想通，那男人的尸体和他的深褐长袍崩解成浅绿色的光斑，一起消散在空气里，化作无数支离破碎的翠色秒表融进李凡头顶的数字里。

数字疯狂地跳动着上涨，最后在 85:59 定格。

2

李凡在厕所差点把胆汁吐出来。

他把脸洗了又洗，抬起头来盯着镜子看了半晌。那张三十岁的脸现在像是老了一倍多。他盯着自己头顶浅白的数字，感觉困意阵阵袭来。

他只有一个很平凡的名字，长着一张很平凡的脸，曾经也过着平淡无奇的生活。直到那天，所有人都变成一串数字。

那天之后，李凡被框死在一个极度有限的寿命里。想要跳出这个框，需要他人生命为代价。

恐惧，对死亡的恐惧是人类本能，永远无法规避。

他当时还有九十个小时可活，头顶的数字在渐渐减少。李凡其实是一个没什么觉悟的人，他惶惶不可终日地度过了几十个小时后，觉得满大街的人都是猎物。他们头顶鲜红的数字像有脉搏一般，规律地发出荧光。绝大多数的人只有几秒种，而少数，则多达数个小时。更少的人，有长达数十个小时的奖赏。

李凡还见过一个穿着警服的人从他眼前走过，头顶上赫然是两千多个小时。换算下来，将近三个月。但是李凡还没有被冲昏头脑：大街上公然袭警就算能拿到这两千个小时，没准会被一枪点爆脑门，就算是两千万小时也都会归零。

李凡调整着自己的呼吸，他准备关门了。门外却传来了清澈的女声。

穿着白色运动服的女孩问着："老板，打烊了么？"

李凡懒得回答，他点点头，却无意看见那女孩头顶的数字。

他打了个寒颤。

185500:00

3

李凡盯着女孩头顶的 18 万小时，来不及换算这个概念。

但是他知道这是一个很庞大的数字，庞大到可以诱惑他干任何事情。他不过是一个被头顶的时间所奴役的仆从，只是带着自己身上人性和道德的镣铐。如果把这些枷锁全都卸下，他一定会是一只凶兽。

但是他不是兽，起码现在不是。就算是兽，也是戴着口套，没法露出獠牙的狮子。他犹豫了片刻，眼里刚刚泛起的那一丁点邪念和贪欲，就被那个女孩的眼神吓得烟消云散。

她凝视。那女孩这时候看向他的眼神，才是真正的狮子。

捕猎开始——女孩从袖口抽出一把短刀，她快得肉眼来不及捕捉。李凡感觉自己像停滞了一般，四肢酸涩得无法移动和闪躲，腿下一软瘫坐在地上。那刀锋掠过李凡几根头发死死地扎在门框上。

他头皮一麻。

女孩把刀抽了回去，她伸手拉起李凡说："抱歉，我刚刚不那么做的话你就要杀掉我了。"

李凡刚刚的确有一瞬这样想过，但他再也不敢动这个念头了，他感觉面前的女孩浑身都是刀刃。

她踏进了李凡的小饭店说："挺饿的。能做点吃的么？"

李凡咽了口唾沫，他感觉腿酸软得站不起来。靠着墙长喘了几口气，他说："能，能，当然能。"

当然，李凡感觉现在自己什么都肯做。

她说："我身上没钱，给你讲点东西当饭钱吧。"

李凡心不在焉地点头，他根本无暇顾及女孩在说什么，只是机械地洗着菜叶。他觉得自己似乎见过这个女孩，就好像昨天刚刚认识的一样。但无论如何也记不起来关于她的一星半点。

女孩问："你也能看到数字对吧？"

李凡点点头，一边努力在脑海里回忆这个人。他翻腾出头脑中所有的记忆，最终还是一片空白。

女孩说："能吓成这样，说明应该还不知道游戏规则，是么？"

规则？什么规则？这是一个游戏么？试验么？这个困局，这个数字，在刀和血下面抉择的这些小时，输了杀戮以外，还有什么意义么？他想知道，迫切地想知道。

他终于有了好奇，停住了手中的动作。

女孩声音放轻，缓缓地，一字一顿地说："时间，换时间。"

4

"我们都是时间的奴隶，杀戮只是一种手段。如果你……"女孩说到这里停了下来，看了看李凡说，"那个，你听归听，做菜别耽误了。"

李凡说："哦。"

李凡挺习以为常的。面前这个女孩虽然看上去只有十四五岁的样子，但是言行举止都远比她的外貌更加老成。就仿佛是一个活在少女躯体里的老妪。

他连忙变得麻利起来，干起他轻车熟路的工作。李凡是一个希望能把所有东西都做到精致的人，但是只有做饭做到了这一点。让一个厨子几天就变成杀手，还是太勉强了。

女孩说话的时候面无表情地盯着他，看起来关注他要做的饭菜要远比关注李凡这个人多得多。但是李凡从女孩的眼神里读出了一种味道，这种味道是看向陌生人没有的：那女孩像是与自己熟识很久了。

他记不起来了。

他只能把所有的注意力都倾注在手头的工作上，一边听女孩讲所谓的规则。

"如果你经历过很多杀戮，你就能发现……你杀人所获得的时间，与那个人真正剩余的寿命没有任何关系。而且不同的人杀掉同一个人，获得的时间也不尽相同……"

女孩说到这里停了下来，她思忖了片刻问道："你不会连三个人也没有杀过吧？"

李凡跟绝大多数普通人一样，之前当然没有过杀人的经验，他点了点头。只是为什么非要是三个呢？

"'三个'是一个分水岭。在你完成三次杀戮之前，你头顶的数字只是你的存活凭证。而在那之后，它还是一种特殊的资源。”

李凡听得发愣，一时还没反应过来。时间当然是无价的资源，以至于可以让李凡甘愿付出任何代价，但是要说特殊，究竟特殊在哪里？

他没懂。

女孩看了看李凡那张呆滞的面庞，叹息着说：“简单来说，只要你完成三次杀戮后。你就可以用损失头顶时间的方式，在某种角度奴役时间。有的人，可以损失头顶 1 小时的时间，换取 5 秒钟的时间暂停。有的人，可以损失头顶 24 小时的时间，换取 1 分钟的时光倒流。诸如此类的能力，就是我刚刚说的时间换时间。”

时间暂停？时光倒流？这些听起来玄之又玄的东西不在李凡的常识范畴之中。

但下一刻，女孩几乎只在眨眼间从远处的椅子上来到他面前。

只在转瞬，这绝对不是简单的动作快了，她在李凡的眼睛里没有留下动作的轨迹，只有在空气中暂留的刹那残影。

“刚刚我损失了十分钟寿命，换了这十秒钟，让我周围的时间减缓十倍。喏，你看见了。”

他吓得呆了。

女孩拍了一下僵住的李凡说：“别光吃惊，我还饿着呢。干活。”

5

女孩说，她叫林半夏，是个游手好闲的市井之徒。

李凡还是第一次听见一个小女孩这样形容自己，他也不知道为什么两个人的相见就这么顺理成章，自然到无懈可击。认识和忘记一样东西都是不需要契机和理由的。半夏不过是李凡身旁的一个匆匆过客，只不过驻足得稍微久一点。她听闻李凡已经杀过两个人之后，一直劝说李凡再找机会去杀第三个人。

他不想。

他也不愿意去怀疑和猜测半夏的动机，从那天晚上半夏第一次把刀扎在自己头顶的那一瞬间，他就知道这个女孩绝对愿意为了头顶的时间做任何事：这个女孩并没有跟她名字一样阳光的性格。

但是李凡还是个很普通的人，他还依稀记得自己第一次杀人的时候。

那时候他透过镜子，看到头顶可怜的三个小时。死亡逼近的时刻，潜在的设计和精妙的规划在影响着他：他几乎喘不过气来，被冷汗打透。视线开始渐渐蒙眬，心跳栓塞又沉重。他会不可遏制地衰弱下去，伴随着微弱的生命力，唤醒对死亡的无限恐惧。

没人说与他，但是他真切地知道：他要死了。如果不做点什么，他真的会死的。李凡被植入了一种本能，对于他人头顶数字的渴望，显得纯真又自然，恍若与生俱来。

那个毒贩在巷子里与他擦肩而过，李凡当时蜷缩在街角发抖，脑海里一片空白。他看到那毒贩头顶的几十个小时，有如感到腹中一阵阵难熬的饥饿。

那人头顶的时间是什么？肯定不会是寿命，否则街上顶着数秒钟来往的行人都会暴毙的。是恶行？还是单纯的随意分配的数字？

李凡来不及细细地思考，求生欲支配着他。在那人徐徐靠近的时候，李凡蹿起身来，爆发出前所未有的气力，刺破了那男人的胸口。血从他的袖口淌下来，一起崩成绿色的光斑。光点在向他的头顶聚拢，他能感到自己头顶的数字在暴涨着，本能没有骗他。

他重获生机。

李凡一直在想，如果当时走进巷子里的不是罪大恶极的人，而是带着孩子回家的父亲、刚刚提着鸟笼逛街回来的老者，或者放学回家的孩童。他是否还会动手，是否还会为了那些时间，杀死与自己毫不相关的人。

他不敢回答。

此后每每想到这个问题，他都身体一阵虚冷。

李凡也不明白，杀死他人所增加的时间到底与什么有关。在镜子里看向自己的时间，应该是自身的剩余寿命。而透过他的眼睛看向别人的时间，却只是一个奖赏的数字。不是年龄，不是性别，不是善恶。小学门口做棉花糖的老头有几百个小时的奖励，从书店走出来文质彬彬的学生也可能有上千个小时。而更多的人，更通常的情况，是仅有的可怜的几秒钟。

甚至每隔一段时间，他们头顶的数字都会发生变化：之前半夏头顶的 18 万小时，有时候会减少到 17 万。现在又增加到 20 万。

半夏就这样留下来，理由是想见识一下李凡杀掉第三个人以后会以怎样的形式奴役时间。但现在不断鞭策和驱使李凡去杀戮的可不是好奇心，而是本能。

6

半夏说，李凡，你这个人，挺幼稚的。

李凡不愿意承认，不过心底里还是服输了。

半夏说，你根本没有资格做善恶的裁定官。所谓的只杀恶人，也不过是你的一厢情愿罢了。

李凡也默认了。

半夏说，你现在能冠冕堂皇地说出只杀恶人这个口号，只能说你的时间没有紧迫到极限。人在死亡的恐慌面前，愿意做任何事。

李凡同样没有反驳。

人性是兽性的衍生品。这是半夏说的，如果是之前的李凡一定会否认，不过现在的他愿意相信。

他反问半夏，如果在街上偶然间遇到一个毫不相关的、顶着几万小时普通人，你会下手么？

半夏对这个问题不屑一顾，对她来说这就像根本不值得回答一样。不过李凡已经从她的神情中读出了答案：她一定会的。

所以李凡应该庆幸，之前半夏之所以没有一刀插到自己脑门上，不是因为怜悯，不是因为善意。大概只是因为一丁点的好奇心，更多的是自己给她的时间还太少，没有杀掉的价值。

狮子怎么会动心思去拿一只蚯蚓充饥呢。

而半夏又解释说，她从来不杀那些对自己没有杀意的人。

杀意？那是可以观察的东西么？那能成为一条准绳么？如果半夏之前进行的杀戮都是杀掉那些杀意浓烈的人，能说半夏做的就没有错么？

他有点动摇，但是心底里还是这样偏执，这样顽固，这样不愿意相信人性的本质和底线到底是怎样的东西。

半夏万般无奈，只好说："即便你不着急去杀第三个人，你头顶的时间过两天也要用光的。"

李凡宁愿就这样得过且过，如果不是到生死存亡的关头，他是提不起半点紧迫感的。

她说："那好，既然你总是天真地想惩奸除恶，就不能一直待在这个小餐馆里面。跟我走吧。"

李凡问她："去哪儿？"

半夏说："你就像一个成天想当英雄的孩子，我只是去帮你找个能当反派的坏蛋。"

7

李凡和半夏的身影穿过这个城市的街道，像是两片残云飘在月影里。李凡每每抬起头看到他人头顶成百上千的数字，都感觉身体一阵虚浮。那好像不是他了，只是个被拴住的兽。

时间令人上瘾。

半夏轻轻敲了一下李凡说:“不要再看了，收敛一下自己的眼神，当初放出豪言壮语不随意杀戮的人可是你。”

李凡连忙把头沉下去，连眼角的余光都只敢停在斑驳的地面上。

两人又走了一会，前面是一个黑洞洞的巷子，让李凡不由自主地把视线沉浸了进去，凝视了许久。

半夏说：“这个小巷很偏僻，又太黑。再加上这基本是市区里治安最差、管理最混乱的地方。已经有七八起在这里发生过的抢劫或者强奸案了。最近更是被两三伙人盯上。”

她说完，弄乱了自己的头发，开始原地蹲起。

李凡盯着蹲下又起来的她不明所以地问：“你这是做什么？”

半夏在路灯旁，上上下下半天，滑稽得像个小丑。她累得呼吸粗重起来，红晕染上面庞。

她说：“我装作醉酒的样子走过去。这样就是胆子再小的小混混也敢下手了吧。到时候你可以冲出来，完成您的英雄梦。”

这是什么？这算是做善事么？如果用这种方式引出的小混混，真的就是十恶不赦的罪徒？半夏这样的行为，又该怎样定夺？

李凡一时间无法回答，但他转念一想，那难道在一个黑暗的巷子里，肆意抢掠甚至侵犯一个醉倒的女人，会是无罪的么？

是有罪的，是该死的。

李凡越这样想着，心里就越发安稳。他心里有一根准绳、一个天秤，他无形间想为自己的所有杀戮做一个完美的注脚和诠释，让他每一次起码有足够的理由去剥夺另一人的生命。

所以他眼看着半夏这样走进巷子里，却反而泛起一阵阵的兴奋。他想着什么呢？他现在应该想什么呢？是半夏的安危？是巷子里要出现的人？还是头顶要增加的时间？

他不知道，他心跳快了起来，感觉整个身体才刚刚醒过来，急不可耐地要挥动袖口里的水果刀。

眼前的半夏正在巷子里摇摇晃晃地走着，深夜里，这座城市藏得严密的恶徒，也许会被面前的猎物吸引，亮起寒芒。

下一刻，李凡的眼睛里出现了一个蒙眬的人影。是个干瘦的男人，披着灰色的外套，头顶上是鲜红亮眼的四十小时。

他当然会对时间心动。

那人伺机靠近着半夏，动作像是贪婪中带着犹豫，被肉欲和恐惧同时支配着。

李凡想着，你快动手吧，去欺凌她，去抢掠她，去做恶事。给我一个理由和机会，给我动手的原因，把你的头顶的时间交付于我，让我安稳地活下去……

他看着那人与半夏越来越近，突然心头一冷。

他突然想起来，自己本不是这样的。那个最平凡的李凡像是在为自己开脱。

他在干什么？

是在除暴安良，还是焦灼地等待一个借口？

李凡感觉自己僵住了，他开始质问自己，为刚刚自己的想法感到恶心。那个靠近半夏的男人已经窜了出来，半夏连半点闪躲和抵抗都没有。

李凡看到了半夏淡漠的眼神，那个男人在半夏身上放肆的双手对她来说如同无所谓的。即便这样放任下去，还有几秒钟半夏就要被扒光了。

她只是在用眼睛问自己：为什么不动手。

8

半夏轻声叹气说："算了。"

她像是一团闪电，快得了无踪迹，右手倏然间在阴影里轻轻一颤，那男人的手臂就被短刀刺穿。男人还没来得及反应，几乎只在刹那间承受了满溢的痛苦，瘫倒在地上，竟忍不住哭出声来，凄厉地哀号着。

那男人攥着自己的手腕惶然无措、身体禁不住地发抖，鲜血正在从他的伤口涌出来，他的生命和那暗红色一起流逝。他变成了待宰的羔羊。

李凡缓缓地走过来，说不上到底是对那男人于心不忍，还是潜在的对于杀戮的抗拒。他的确没想动手，但是他知道即便他什么也不做，那躺在地上的男人赫然的刀伤，也许终将是致命的。他低下头冷眼看着那男人，灰衣男头顶的数字刹那间开始跃动，从四个小时开始上浮，在两百个小时左右挣扎。数字不稳定地抖动着，迸溅出破碎的光澜。

人临死前的时间都会这样跳动么？

半夏把刀从灰衣男的胳膊里凌厉地抽出来，耳边又是一阵惨叫。她整理着自己的衣裳，显得异常失望，看了李凡片刻说："如果我真的就是一个普通的弱女子被他按在墙角，你也会像现在一样傻站着么？"

李凡的心里默认半夏一定能处理这个人，一定不会有什么真正的危险，一定不需要任何旁人的帮助。他听到这里，突然神色平淡了下来，抽出了袖口的水果刀。

灰衣男如同意识到了什么，倒映在他双瞳中，是李凡举刀的模样。他头顶的数字开始剧烈地摇摆跳动，像团奄奄一息的火苗。数字还在交替地上涨，一度超越了三百小时，但已经没有更多的意义了。

刀把男人刺穿，空气中泛起绿色的光斑。

这些数字，都是李凡的时间了。

这一次李凡没有再吓得骨头酥软，他就像刚刚切了一份葱花一样稀松平常，浑然不觉他做了什么分外的事情。

这是李凡杀掉的第三个人。

“然后呢？奴役时间？时光倒流？”李凡木然地问着半夏。

半夏说：“等一会。你会知道那个名字，那种能力，以及你所能掌握的那部分时间。我真的希望能在你身上发现一种罕见的能力，也算是没白陪着你这个幼稚的……”

半夏还没有说完，李凡便打断了她说：“我知道了。”

被杀掉的那个人成为了李凡获得能力的一个垫脚石，连成为冰冷尸体的资格都没有。

时退，是李凡的能力。

跟半夏的时缓有所不同。半夏说，她的时缓是一种比较普遍的能力，能力之间仅有的区别不过是减缓时间的比率，还有消耗头顶数字的多少。

但是李凡的时退，是极其罕有的。

从名字上看，效果应该跟之前半夏说过的可以时光倒流的时逆类似，实则完全不同。它可以让李凡的身体退回到某一个之前的时间点，不对周围的时间产生任何的影响。

李凡现在可以退回到二十五岁的自己，十岁的自己甚至是刚出生的自己。性格、记忆和身体随着年龄的回退一起往回滚。如果李凡上一秒被砍断一条手臂，他完全可以退回到一秒前的自己：他的胳膊会复原，同时也会全然忘却自己的手臂曾经消失过。

当李凡念出他的能力的时候，他总觉得在半夏的眼神里读出了新的意思：寂寞又寥落，像是一个飘零了很久的人。虽然李凡能猜到半夏大概总是一个人的，但是却从没有在半夏的眼睛里看到过这种孤独。

他问："半夏，你……"

她眼神转瞬清冷了下来说："我们走吧。"

刚刚眼神里有着那么多情感的半夏，霎时间又回复成了那个少言寡语、注重效率的她。

他说："这就结束了？我还不知道使用这个能力要消耗多少时间呢？"

半夏说："这种事，要用过一次才知道。"

用？他当然不会用。他还不想回到任何一个过去的自己，反倒是想看看未来的自己是否活着。

9

他们从那里回来后，李凡沉默了整整一天。半夏就坐在他旁边看着，而后终于开口说："我来教你吧，你这样活不长久的。"

李凡明白。

如果没有半夏，仅凭他自己，早晚有一天要在某一个杀人的瞬间失手，然后被染成血花。他还想活着，最好是以他能接受的方式。

半夏说，我教你的不是怎么杀人，而是怎样活。

“我要多久才能学会？”

“很快，大概十天。”

“这么短？”

“你已经比我慢了十倍了。”

李凡只犹豫了片刻，在杀戮这件事上，比半夏更老练的人应该不多。他很想活着，只要是个人当然都很想活着。

他接受了。

从李凡开始杀戮的那一刻起，就注定了不会停下。

时间是超越一切的凶猛毒药，足以让任何人上瘾。让他们为之癫狂、为之颤栗、为之付出一切。

头顶的时间一直驱使着李凡拿起手里的刀刃。李凡从那天晚上起蒙眬中似乎明白了什么，明白了自己之前一直所坚持的道德有可能是很虚无飘渺的东西。因为他始终没法定义善良，也没法定义道德。他能面对的最真实、最有效的准则，就是本能在告诉他要活着。

他还是不能接受滥杀。

如果半夏真的诚如她所说，不杀对她没有杀意的人，那半夏是不是也不算一个滥杀的人。

李凡也搞不清楚，他茫然地搜寻和打听着城里罪犯的消息，一次又一次地举起刀刃。而半夏往往跟在他的身边，偶尔动手杀戮，偶尔只在一旁冷眼看着。

有第四个人，就会有第五个人，就会有下一个，下一个，再下一个。等到李凡杀戮越来越频繁，头顶的时间越来越多的时候，他已经麻木了。

人命在他眼里，也不再是那么宝贵的东西。无论是别人的，还是自己的。

他们走过这个街角，走向下个酒吧，翻过那堵围墙。去杀掉这个人，那个人，还有下一个人。游历在这个城市的所有阴影里面，他不知道自己算不算是惩奸除恶，还是满足自身的无穷欲望。

李凡觉得，他只是个奴仆，冠冕堂皇地给自己披上了正义的旗帜，好让自己能在良知这道防线前刀枪不入。

但李凡从来没有用过那个能力，对他来说是没有意义，也没有必要的。因为他不知道这种能力的消耗，如果是五千小时呢？如果是十万小时呢？如果开启一次，就足以致命呢？他越这样想着，就越积极地杀人，然后越发疲倦。

他也始终没能明白，如果他动作快些，那些人会嘶哑着嗓音变成尸体，一句话也说不出，数字也没多少变化。如果他动作慢了，他会看到那人头顶数字或多或少地上涨，是垂死挣扎的跳动。

那数字跳动的模样，带着一种炽烈的情绪，好像是渴求，又好像是绝望。

决定这些数字的到底是什么？是恐惧？是求生的意志？还是恶行？

最后，最后的最后。

在半夏承诺的十天之后，他和半夏回到了他阔别已久的小饭店的后面，那里是平坦的石阶。他安稳地躺在石阶的上面，半夏就坐在他身旁。

他说："半夏，我累了。"

半夏说："我们都会累的，还会死。这都只是时间问题。"

他顿了顿说："半夏，我想试试我那个能力。我觉得我攒了足够多的时间了，我想回到五年前无忧无虑的自己，每天炒菜、吃饭、睡觉。在煎炒烹炸油盐酱醋里面，累得大汗淋漓，每天沉沉地安稳睡去。"

半夏听了后，良久无言。

她说："可以呀。"

李凡说："我一直想知道，一直很好奇。到底是什么决定了每个人头顶的时间。你应该知道的，我不知怎么，总觉得你一定知道的。"

半夏站起身来，他才注意到她眼眶已经红了。她像是第一次显得这么无助。

李凡又产生了不可遏制的熟悉感，就好像这个场景，这一幕，甚至是半夏起身的哽咽，这一切都像是重新上演的，他一定在哪里见过，这绝对是曾经发生的无尽往事的一部分。

他又想起第一次见到半夏时那种莫名的亲切感，顿觉如鲠在喉。

半夏低着头问："你真的想知道么？"

等到半夏抬起头时，李凡看到了半夏的眼睛，秋风把他打了一个寒噤。他感觉又读到了最开始见到半夏时，那种捕猎的、兽性的眼神。

那眼睛里可没有泪。

她一步就踏过来，刀像绽放的银色焰火，把李凡的肩膀贯穿。

10

半夏一点点靠近李凡，嘴贴在李凡的耳边说："决定每个人头顶的时间的，是杀意。"

肩膀上传来的痛感和耳边温热的气息让李凡晕眩，他靠在墙上勉强地支撑着，脑子里努力地思考着半夏的话。

半夏把刀从肩膀上抽出来，李凡依稀记得那把短刀在第一次差点刺穿了自己的脑门，然后又刺穿了心怀不轨的灰衣男的手臂，又不知道抹了多少人的脖颈，最后从自己的肩膀上拿走。

她说："一个人越想杀你，他头顶的数字就会越高。所以我才从来不杀对我没有杀意的人，不是因为善，是因为效率。"

他一阵恶寒。

李凡的身体更冷了。

留给他震惊的时间太少了，强烈的痛楚和恐惧让他嘴唇青紫。他摇摇晃晃地站起，连面前半夏的身影也看不清朗。

李凡终于知道为什么那些混混、恶徒还有杀人犯都有几十个小时。为什么被他杀死的灰衣男，垂死前数字会癫狂地暴涨。然而他不明白为什么那些看上去文质彬彬的人、西装革履的人、慈祥温和的人，也有那么高的时间。

他想不明白为什么世界上会有两千个小时的人，也不知道那意味着多么强烈的杀意。

而最令他悚然的是半夏的十八万个小时，如果这种杀意是来自于恨，那一定要恨到骨髓里吧，一定要刻印到心口上，一定恨得恶意都炸裂出来，容纳不下。

李凡摸索着身上的武器，他的那把水果刀已经沾了很多血迹，不会再差半夏一个人的。而半夏的短刀更不会在乎徒增一个亡魂。

他想着要抵抗，但是他知道自己的能力在杀人上完全不是半夏的对手。

想杀掉她，可终究只能是个想法。

半夏在微笑着，她冲过来，一刀刺在李凡的胸口，血把她的白色运动服浸染。

李凡觉得眼前的一切都在黯淡下去，感觉身体在不受控制地分崩离析，成为绿色的光斑。他似乎看见了半夏头顶的时间在疯狂上涨着。

他的衣物和身躯正在飞速的解离，绿色的光电不断地像萤火一样向半夏头顶汇聚。意识已经开始渐渐蒙眬，思考也开始归零，所有音画都是杂乱的噪点，他喉咙喑哑了，连痛也没有，像是要沉沉睡去，再也不会醒来。他从未像现在这样渴望活着，可惜再没有任何的机会和可能……

等到他只剩一颗头颅还没有解离的刹那，他苏醒过来了：他还有一次机会，还有最后一次机会可以用。

时退。

他可以回去，回到曾经的自己，无论结果是怎样的，他都要回去，他不想死在这里。

李凡是个普通人。

半夏默然地站在他身旁，看着他的身躯一点一点恢复，看着他的衣装和容颜在倒流，能听见空气中电弧哔哔啵啵地爆响。他正在向后疯狂地退去，时间这条湍急的河流在无法遏制地逆行着，有如向上倾泻的流瀑。

半夏把刀收进了袖口，她想着："回去吧，回到十几天前，回到那个天真又幼稚的厨子，回到那个什么都不知道，什么也不用怕的李凡。"

李凡还在时退的进程之中，她转身离开了。

半夏忍不住哭出声来。

她还会在角落里偷偷看着李凡，还会等到他杀死第二个人的时候出现，还会用十天的时间培养他的杀意，还会在最后告知他真相。

等到李凡杀意放大到最大，对半夏最为恐惧和憎恨的时候，那正是李凡头顶的数字最为高涨之时。

她就杀掉他。

而李凡，下一次还在濒死之前，选择退回过去。

他会退回那个无忧无虑的厨子，成为那个每天精致做菜的自己。

把什么都忘掉。他会一脸茫然地从小饭店的后门走回去，接着打扫已经落尘的锅碗瓢盆。

然后有一天。

李凡还会看见别人头顶的数字。

到那时候，半夏就会像收割成熟的麦子一样，在李凡的世界里突兀地出现。他会觉得有她点面熟，有点亲切，还有点不可思议。

她还会用清澈的声音问他："老板，打烊了么？"

而他则会惊惶地看到，她头顶象征着浩瀚杀意的十几万个小时。

不过现在的半夏不会了。

现在的她跑着跳着，现在的她又收获了李凡那里的几万个小时，现在的她没人能猜得透想法，现在的她把刀雪藏起来，面露笑容地抹着眼泪。

街上的每个人在她眼里都是不存在的，如果有像她和李凡一样的人看向她的头顶。

写的都是鲜红的零。

010 CHAPTER

数据的尽头

1

尹岚的支付宝里永远有一块钱。

应该说，现在她的支付宝里永远有且只有这一块钱。无论如何转账、支付、提现……进行各种花样繁多的操作，她的余额是永远不会改变的。

那是一个被锁定的数字，被凝固的像素点，尹岚在看向她的支付宝的时候，就好像在看着数据的洪流渐趋平静，最终变成一潭死水。

她现在隐约明白了……所有的古怪，所有的反常都是一个闭合的环，严丝合缝。手机上那个默不作声的“1.00”正在提醒尹岚这一切的起点……

那条不同寻常的朋友圈信息。

2

颓废少女、家里蹲、微博网红……这些标签对于尹岚来说都无足轻重。她整天宅在家里，沉浸在那些“歪门邪道”的技术之中。

她自诩为黑客，即便尹岚只懂得些皮毛的奇技淫巧，比如让你的聊天窗口卡死或者用一个 APP 迫使你的手机发出奇怪的声音，多少也算是入门级的黑客了。

电脑的屏幕闪动着暗绿色的微光。那时的她揉了揉酸痛的眼眶，一如既往地在午后散漫地刷着自己的微信，然后看见了这条略显奇怪的朋友圈信息。

发信人的头像是一团纯黑色，正文是一串长长的空格，随后紧跟着四个字。

“黑客，收徒。”

尹岚不记得自己加过这样一个人，也完全不清楚这么个东西怎么会出现在自己的朋友圈信息里。

点开这人的头像，尹岚看到他微信昵称叫做："NULL"。

她不禁一笑，因为这个单词意味着计算机中的"空"或者"无"。这样的名字，总给她一种系统 bug 或者查无此人的错觉。

尹岚尝试着私信了这位 NULL，但没有得到任何回应。

"真是个怪人……说要收徒又不理人。"

她反复端详着这个叫 NULL 的微信账号，心里愈发产生一种违和感。本能在提醒着她事有蹊跷。

一是她根本不认识这个人，二是这条朋友圈信息实在是太古怪了……就连发布时间都非常诡异：竟然是一周前。

如果是一周前的信息，为什么今天会推送到她朋友圈的前页？

"他为什么要在文本前放这么多空格？"

就算有一万人看到这条信息，也会有九千九百个把它轻轻划过，权当是微信偶尔窜出来的无伤大雅的小 BUG。但是尹岚不一样。她明显地感觉到自己进入到了一个瓶颈期，如果跨越这个瓶颈，她或许就能成为真正意义上的黑客……而不是现在这样的半吊子。

而且尹岚一直认为，黑客技术就像是一种绝活，也可以拜师学艺，没准还有名门望族七代单传。如果这条朋友圈信息来自于一个黑客界的世外高人，正相当于在一个山洞里捡到了绝世秘籍，只要学上个年把就能独步天下。

她把微信上的文本导入了自己的电脑，然后看着那一团冗长的空格发呆。

不知为何，尹岚相信 NULL 是想通过这一团空格告诉她什么东西的。这或许是一种无形的考验，隐隐中决定了这位老师傅收徒的最低门槛。但空格个数显然无足轻重……一串撑死三位数的数字几乎推断不出什么有价值的信息。

“如果……”她猛然间想到了什么。

“如果这些不是空格呢？”

她狠狠地敲着键盘，咒骂着自己的迟钝。她先入为主地断定这些空白字符都是空格，这种惯性思维差点把所有的路都堵死。

她自语道：“在微信使用的 Unicode 国际编码中，能显示成‘空白字符’的东西有几十种。我非要死脑筋一直想空格……”

虽然看上去都是空白，但空白和空白是有区别的。除了平日最常见的空格以外，还有大量的字符会显示为空白。经过筛选，NULL 所发的朋友圈信息一共交替使用了两种“空白符”。如果用 0 和 1 替代这些空白符，就会形成一串数字。

“二进制流。”

尹岚知道自己已经走在正路上了。剩下只要解析一下这堆二进制流就能轻易得出文本背后藏着的东西。

即便这团冗长的数据经过了一些额外的加密手段，但在尹岚狂热的攻势之下还是被发现了破绽，揭去了面纱。

在荧幕黑洞洞的窗口上显示出解析结果，是一串汉字，一个地址：“……C 区 11 号楼 2 单元 22 层……”

尹岚皱了皱眉头，因为她发现这串地址就在她头顶上。换句话说，NULL 先生很有可能就住在楼上。

3

她可不记得自己有一个黑客邻居。不过对于尹岚来说，在一栋楼这种事情倒是省去了不少麻烦。

因为她非常宅。

每天深夜顺着这栋楼的外墙，或许能依稀在窗外听到她劈啪地敲击着机械键盘的声音。代码的洪流刺激着她的神经，她对技术有一种天生的狂热和崇拜感。

一杯咖啡，一桶泡面还有一双手，支撑着每个夜晚。

即便她租的房子很大，但那十几平方米的卧室，是她生活的全部。对她来说去商场逛街所需要的路程，简直堪比一次环球七日游。不加理顺的凌乱发丝和长期不受日照的白皙肤色，还有能把自己全身裹住的毛绒睡衣成为她的标签。她长得并不丑，反而有一种不加修饰的亲切感。但尹岚对于自己的相貌从来就没有自信过。

她看着自己的头像，那是她在手绘板上为自己画下的。屏幕里的自己越是楚楚动人，她就越感觉屏幕前的自己青面獠牙、样貌可怖。

尹岚为此还准备了一副颜色极深的墨镜，对她来说自然是遮挡的面积越多越好。如果只是在楼上的话，她戴上墨镜就能去安心拜访了。

NULL 依然没有回给她任何信息，她也无从得知什么时候造访比较合适。她只好在这天晚上随便挑了个时间离家，敲了楼上的那扇门。

一个体态臃肿的中年邋遢大叔披着大衣靠在门旁，迎面而来的刺鼻酒气让尹岚喘不过气来。

看着大叔醉眼蒙眬的模样，尹岚知道自己肯定找错人了。

“这个人连意识都不清醒了，总不可能是……”

大叔一边叫骂着一边狠狠地摔上门，声音震得她向后退了一步。

尹岚感觉楼道里传来阵阵阴冷的风，她笑自己异想天开，忍不住要回到自己温暖的卧室里面去。

只要离开自己的房间一秒，尹岚就会忍不住怀念键盘清脆的声音和咖啡杯细腻的手感。当她站到家中客厅的那个瞬间，手机铃声响了起来。

来电显示是“0”。

尹岚看见这个号码起了一阵鸡皮疙瘩。即便如此她还是接通了电话，麦克风里传来了一阵嘈杂的电子音。

电话那边的男声听起来冰冷而无感情，规律得像是手机壳上的金属拉丝。

“你好，尹岚。”

尹岚说：“你知道我的名字？”

男人说：“是的。不单如此，我还了解你的生活，通晓你的作息。我知道你在七点零三分走出家门，也知道你在下午三点的时候打开了你的微信。我还知道你的电脑 D 盘的某个文件夹里藏了什么东西……足足有 14.37G。”

尹岚心里一阵羞耻，感觉浑身都有点发烫。她又把自己缩进睡衣里，钻到卧室中间：“你是个黑客，很厉害的黑客对不对？”

男人说：“算是。”

尹岚说：“你找我做什么？”

男人说：“我需要立即培养一些有天分的接班人……因为时间已经不多了。形势已经非常严峻，再慢些连你都躲不过了……”

尹岚费解地问：“躲什么？”

男人说：“数据的尽头。”

数据的……尽头？那是什么？

尹岚全然听不懂这些故弄玄虚的话，她还没来得及问，只听见电话那边传来了刺耳的电流声。

男人说：“解释的时间不多了。带上你的笔记本，明天早上六点来 B 栋楼下的书店。”

尹岚说：“我凭什么要听你的使唤……”

她还没有说完，电话已经挂掉了。在尹岚寡淡的人际关系里本来就没有多少电话往来，她翻查了自己寥寥无几的通话记录，竟然没有发现刚刚的那条通信。

没有预兆也没有痕迹，简直像是一通幽灵电话。

回过头来，她原本死寂的荧幕突然亮了起来，一个箭头不偏不倚地指着她桌上杯子的位置。

一排黑体字显示在画面中央：“少喝点咖啡，对心脏不好。”

4

尹岚有点区分不了技术和魔法了。

在几分钟之前她还是相信科学的，相信黑客技术总归是有边界的。她很清楚，跟电影里那些怪力乱神，几分钟攻陷一个安防系统还自带进度条的玄幻黑客不同，真实世界里哪有那么多简单又酷炫的行当，往往都是趴在一个调试器上几个小时苦思而不得结果。复杂又冗长的汇编函数和端口数据在屏幕上像是走马灯一样飘过，两眼通红的黑客们双手在键盘上乱舞……

但今天这位 NULL 像是在施展某种神迹。如果他能看到尹岚从自家的房门走回来，那就意味着 NULL 已经可以随随便便地进出“监控设备”这样一个封闭系统。入侵一个封闭系统的难度，就像是在一个焊死的铁盒中取物一样：几乎是天方夜谭。

唯一的解释就是这位 NULL 所掌握的技术已经远远超出了尹岚所能理解的范畴。对她来说，妄图理解 NULL 的能力，简直就像是蝼蚁去理解鲲鹏一样幼稚。如果这仍能算作是黑客的话，至少也算是黑客世界里的独孤求败了。

她晃了晃鼠标，半秒之内电脑就恢复了正常的运作。在搜索引擎里，找不到这个人留下的半点痕迹。社交软件里没有这个人，各种 BBS 论坛还有贴吧里也不存在这个人。他的黑色头像没有任何特征，也没有其他人有过类似的经历。这个人像是一道影子、一个符号。正如他的名字一样……他不存在。

他是空白。

整整一个晚上，困惑在尹岚脑海里挥之不去。

一夜未眠的尹岚拎起电脑包，顶着自己的黑眼圈来到楼下。凌晨六点对于她来说本是一个不应存在的时间，但是好奇心驱使着她的生物钟做出改变。

她忘了已经多久没有这么亢奋过了。

又是一个肃杀的北国冬天，薄雾笼罩着清晨寂寞的街道。她用大衣把自己裹得死死的，恨不得整个人都缩进衣领里。

当她走进书店的那一刻，热气扑面而来。

书店不算狭小，却因为四处堆砌的书堆而显得拥挤，只够刚好摆下一副桌椅。

坐在几排书架最远处的男人穿着黑色的 T 恤，似乎和她并不在一个季节。男人的脸上没什么棱角，却也并不消瘦，略微蓬乱的头发顺着一边自然地垂下来。他五指在桌面上轻轻敲点着，显得有点悠闲。

男人说："你花了二十一分钟才走过来。"

声音和样貌一样的年轻。

尹岚的社交恐惧又从心底里涌出来，她躲到一角说："你就是 NULL？"

男人说："是。"

尹岚说："你什么时候入侵的我的笔记本？"

男人说：“我没有入侵你的电脑。”

尹岚说：“不可能……”

男人说：“这样说你可能有点难以理解，但也只能这么比喻。每个人的个人电脑都是一座封闭的、孤立的堡垒，虽然算不上无懈可击，至少也是戒卫森严。但我没有闯进那座城堡的大门……我是飞进去的。”

尹岚说：“能说得简单点么？”

男人说：“不能。”

男人站起身说：“这个问题你最后肯定会懂的。现在重要的是……你来到这里肯定是想学点真东西的，对吧？”

尹岚笃定地点点头。

男人说：“那就好。自我介绍就免了吧，你叫尹岚，21 岁，是本地人。大学辍学之后……”

尹岚连忙打断说：“不要念了，怪尴尬的。你还没介绍你自己呢。”

男人说：“我从法律角度来说算是一个不存在的人，按照公安部门的记录和有关规定，我到现在还没出生呢。”

还没出生？什么意思？

尹岚彻底摸不着头脑了，却不想就此打住，她准备咬住这条线索一直问下去。

她说：“那你总要有个名字吧。”

男人说：“有一个常用的名字，是我曾经给自己起的。你把左手边书架最上排靠墙第二本书拿下来，就清楚了。”

屋里的暖气烤得尹岚微微出汗，她脱去外套，踮着脚尖勉强拿下了那本书。而在看到那本书的书名的瞬间，尹岚吓得差点戳到自己的眼睛。

她惊愕地喊着："这本破书原来是你小子写的！"

男人面无表情地说："怎么了？"

尹岚说："你自己写了一本书叫《A4 纸编程指南》？"

男人说："对啊。"

一说到这里尹岚就怒火攻心，这本破书大写特写，阐述了脑内编程，A4 纸调试。甚至考虑放弃一切计算机纯粹的脑洞代码，这简直就是误人子弟！

你能想象不用火的厨师么？你能忍受双手脱离方向盘的司机么？

根本没有一个计算机工作者能脱离电脑工作，那简直如同让战场部队一律不得配枪一样荒谬！尹岚当初看到这本书的时候还以为是什么笑话书，没想到还真的煞有介事地介绍了纸上代码的原理和架构，还花了十几页图文阐述如何通过脑补来找 bug。

一派胡言！

再看看这本书的作者唐觉，尹岚就更是窝火。明明自己写了一本烂书还不自知，偏偏卖得那么贵，一本就要价一百多块大洋，《辞海》才几个钱啊！

尹岚一边深呼吸努力调节自己的情绪一边说："你就是这烂书的作者唐觉？"

男人点点头说："是。"

尹岚猛地一拍书架说："好！你厉害！你不用电脑就能编程。你离了电脑你能干那些最基础的活儿不？你倒是告诉我'编程'这俩字的 Base64 ①编码是多少？"

男人以飞快的语速说着："JXU3RjE2JXU3QTBC。"

5

过了整整二十秒，尹岚才缓过神来说："你是瞎嘀咕的吧……你再重复一遍。"

男人说："JXU3RjE2JXU3QTBC。"

尹岚抬起手示意男人停下，她跑到男人的对面，把电脑啪地摆上桌子，劈啪敲了片刻，猛然抬起头说："不可能！"

他说得毫厘不差，准确得像是原子钟。

尹岚感觉浑身都在发抖，这个男人竟然只在瞬息之间就完成了汉字 Base64 编码，这对一个普通人来说不亚于十五位乘除法的运算量。

他平静地站在那里，但在尹岚眼里却像是一台轰鸣运转的超级运算矩阵！

尹岚说："不应该的……你是用什么方法训练过自己的编码能力么？我知道某些高智商人士用特殊方法，能记住成千上万、错综复杂的二维码。还有人能在分秒之间，盲眼还原散乱的魔方。如果你刻意训练过自己这种……”

不对……这不一样。Base64 编码只不过是尹岚随意问出的一个难题而已，对于面前这个男人来说不可能早有预料。

她说：“唐觉，你知道 3 的 26 次方……”

男人机械而规律地说着：“2541865828329。”

尹岚彻底无话可说了，这怎么可能是黑客世界里的独孤求败，这简直是元始天尊。

男人说：“你关于我的好奇我会慢慢告诉你的，但在那之前，你必须学习，极度刻苦地学习。直到你有资格面对接下来的那场浩劫。”

尹岚望着这个神情寡淡的男人，第一次产生了敬畏感。从第一条微信开始，到现在的脑内编程，唐觉就像是站在整个计算机世界之外的俯瞰者。在尹岚还在为尘埃而纷扰不休的时候，他已经怀抱了整个星辰。

尹岚根本不是在攀登高峰，她是在追逐银河。

她心悦诚服地点头说：“请……请……请教会我。”

她第一次由衷地想要拜一个人为师。

唐觉点点头，从口袋里掏出一张照片说：“把他们复原。”

尹岚说：“复原什么？”

唐觉说：“整个书店。我按照某种规律弄乱了所有书籍的顺序，在今天早上十点开业之前，你帮我复原整个书店。这张照片是第一个书架的原貌，它会成为你的参照物。”

尹岚抬起头遥望了一眼几大排塞得满满的书架，像是大型货轮上排列成山的集装箱，不由感到一股沉重的压力。

唐觉说：“对了，还有一个附加题。我给你的电脑里发了一个1kb的压缩包，你现在开始解压。你一边整理，一边估算这个压缩包原本的大小。”

尹岚说：“可是他只有1kb，不是一瞬间就结束了解压么……”

唐觉没有回答。

尹岚的工作困难得像是在一个偌大的沙盘上复原每一粒沙子，而她更无法想到的是，从这个1kb的压缩包里，解压出了14.37G的文件。

6

“今早八点三十五分，浙闽两省出现大规模网络波动，百度疑似遭到DNS污染……”

书店里的老旧电视机发出喋喋不休的噪音，只有这一条挑起了尹岚的兴趣。

尹岚把一排书架的最后一本书轻轻归位，那些平整的书脊排成错落的色彩和线条。她说：“这是你干的么？”

唐觉说：“不是。”

尹岚说：“我总觉得只有你有能力干出这种事……”

唐觉说：“我没有兴趣，你还是专注于你的书架吧。”

尹岚说：“你难道没有看出来我已经复原了一排书架？”

唐觉说：“如果你先复原了魔方的一个面，你还能……”

尹岚连忙打断说：“好了我知道了……”

她隐约察觉到这些书籍的混乱潜藏着某种规律，就如同硬盘里文件的排列，信息的管理。作者、书名、书封、页数、出版年份……这里面任何一个东西都有可能成为标签，支配着整个庞大的序列重新排序。

实体书店是影子里的枯枝败叶，已经不景气到冰点了。

唐觉还经营着这家书店的原因是什么？再过个三五年，估计“书”都快要成为历史名词了。

他总不会就为了出个题吧？

随着她摆正的书籍越来越多，她愈发地感觉这些书的排列难以捉摸……并不是某种简单的顺序，也不能独立地从任何一个书架来看。每两本书之间都互相连接、黏合、支撑，整个书店包裹着一张繁密的大网。随便撤掉任何一本书，都会生长出无数种可能。

这小小书店的工作量，差点让尹岚以为自己在整理大英图书馆引以为傲的一千四百万本书藏。

又过了一小时，唐觉打断了忙碌到喘着粗气的尹岚说：“稍微休息一下吧。”

尹岚说："呼……不行，我还差一点就要完成了，你看这个书架还有六本书就能……"

唐觉敲了敲桌面说："你先坐过来。"

尹岚乖乖地坐到了唐觉面前。

唐觉说："其实，你从排列书架的一开始，就注定没法真正复原他们了。"

尹岚不敢置信地说："为什么？"

唐觉说："因为你最终会少考虑一本书。"

尹岚说："哪本？"

唐觉指着自己手中的《A4 纸编程指南》说："这本。"

唐觉说："完成拼图的过程如果少了一块拼图，必然会从某一个阶段开始崩溃。"

尹岚沮丧地趴到桌上说："那是因为你从一开始就没有把这本烂书给我，我怎么会考虑进去。"

她乏力地用下巴敲了一下触摸板，唤醒了自己的电脑，看到解压已经完成了。

文件夹大小，14.37G。

她红着脸说："这是我 D 盘里的东西！"

唐觉说："是这个。"

从尴尬到震惊，她心情万分复杂地说："这不可能，14.37G 随机的资源文件没道理被压缩到这个程度。没有一种压缩格式能够违反信息熵②理论，你在把黄海压成一滴水。它已经不是在解压数据了，它是在产生数据！”

说到产生数据，尹岚知道早年的老物“彗星撞地球”，用64K的大小展现了长达30分钟的3D动画，但那是涉及到DEMO③技术的动画，而并非简单的压缩文件。

一块海绵是可以被捏得稍微小一点的，但是不可能被捏成针尖。

唐觉说：“你说黄海不能被压成一滴水，我想问一下，你对一滴水的定义是什么？”

尹岚突然被问住了，她茫然地说：“就是……一团体积很小、凝聚在一起的液态水。”

唐觉说：“南黄海水域大概有1.2万立方千米的海水，把它们都抽出来悬在天上，大概是一个半径十四千米的巨大水滴……那同样是一滴水。”

尹岚不解地说：“可这跟我电脑里这个1kb的压缩包到底有什么关系？”

说完尹岚打了一个哈欠，困意像是滚滚浪潮从她的眼前涌出来。

唐觉说：“先到这里吧，现在跟你说这些还是太早了。你昨天晚上都没怎么睡过，好好休息吧。”

尹岚真的趴到了桌子上准备入眠，伏案而睡是她的标准睡姿。暖空气微微拂过她的身体，她的疲倦正在把她拖向梦乡。

等她醒来的时候，发现身上披着自己的外套。一个慈祥的老大爷从晚报的一角探出一个头来，摘下自己的老花镜问道：“小丫头……你醒了？”

7

她和老大爷四目相对，默然了良久。交谈之后尹岚才明白，这家书店根本就不是唐觉的。他只是跟大爷付了一笔租金，临时租下这么一个地方。而且大爷说，这位姓唐的小伙子已经租过这家书店几十次了，每次除了把书弄乱之外，都会请不同的陌生人把书复原。

等她离开书店，已经是傍晚了，街上的霓虹成排成排地亮起来，都市在用灯光维持着繁华的外壳。

整整一天，NULL 没有任何消息。

从头到尾，NULL 都是在单向联系她，不会提醒，不留痕迹。如果唐觉就这样消失，对尹岚来说正相当于人间蒸发，变成淹没在人海里的一个 0。

第二天晚上，尹岚的电脑突然停止了低鸣。笼罩在光晕下的城市熄灭了数秒，在漆黑中陷入死寂。然后又次第亮起来。

“停电了么……”尹岚低声嘟囔着。

最近的供电稍稍显得不够稳定，节能灯偶尔会乏力地暗淡下去。

她的手机在此时响了起来，来电号码还是 0。

“休息得还好吧。”

斑驳的电子音略带几分沙哑。

尹岚说：“你怎么还用这个奇怪的声音，反正都见过一面了……”

唐觉说:“安全考虑。这一次你带上手机就好了，来千禧广场。”

尹岚说：“我怎么能在人堆里认出……”

电话已经挂掉了。

她深吸一口气，还是愤愤地抓起手机出门。她走过灯红酒绿的喧闹街道。这些街道不乏一些古朴的色调，但本质上，还是被电力和 WIFI 牢牢支配着。千家万户的声音通过微信回荡在腾讯的服务器里面，如果它宕机，几亿人都会因此喑哑。

曾经创下 300 天足不出户记录的尹岚来到了繁华的千禧广场，暧昧的灯光正从商场的一角弥散出来，巨大的屏幕正在滚动播放着商业广告。拥挤的行人穿梭在步行街上，在尹岚眼里变成一个个空洞的符号。

她的手机响了，一条短信弹了出来：

“向右走十五步，然后坐下。”

尹岚坐在了长椅上，对着她右边的唐觉问：“广场只有这一个长椅……你为什么要搞得这么麻烦。”

唐觉没有回答她的问题，他说：“千禧广场，你之前来过么？”

尹岚摇摇头。

面前耀眼的 LED 大屏幕猛然间熄灭了数秒，又重新恢复正常。

唐觉说:“2000 年是一个奇妙的年份，那一年，千年虫没有爆发，人类和计算机科学都得以幸免，同时也验证了一些有趣的事实。20 世纪，有一部分计算机科学家认为用两位数表示年份就够了，因为电脑也只会用‘19’作为年份的开头。他们还认为 640K 内存能满足一切需求，字库里有英文字母就万事无忧。”

尹岚说：“但他们都错了。”

唐觉说：“的确都错了。这并非是他们愚昧，而是谁也无法预知未来。在洪水到来之前，没有一个人会从河边离开。”

尹岚说：“洪水……就是你一直在说的数据尽头么？”

唐觉说：“是。”

他掏出一部手机说：“这个手机能监听整个广场的通信信号，今天的训练项目是，帮我听一听商场入口那个正给人贴膜的男生，现在在聊什么。”

监听整个广场的通信？如果有人能做到这种程度，还会在乎贴膜男孩在给谁打电话么？

尹岚皱着眉接过了手机，发现竟然还没有解锁。她轻轻滑动，屏幕上赫然出现了一个庞杂的多面体。

她惊愕地说：“这是什么东西！？”

唐觉说：“二百五十六面体密码。原理跟你手机的九宫格密码类似，只不过我的稍微复杂一点。”

稍微？

她说：“你的意思是让我解开这东西么？这……这咋可能嘛。”

唐觉说：“我会帮你解开一遍，只有一遍，所以你要牢牢记住。从此以后这部手机就送给你了，是礼物。”

他的手指飞快地在手机上滑动着，那个复杂的多面体正在指尖的点拨下变换着角度，并最终轰然倒塌。

他轻声说："好了。"

尹岚咽了口唾沫，把手机颤颤巍巍地贴到耳边，听见了太多声音。她听见有异地的情侣在电话里缠绵，有牢骚满腹的下属在抱怨，有多年未归的游子在报平安。稍微滑动屏幕里的光点，她能听到更远处的声音，那些琐碎的絮叨，真挚的告白，愤怒的咆哮，都在她的耳边逐次呈现。

她把手机猛地放下说："这是违法的吧？"

唐觉说："当然。"

她说："你难道是在测试我心术是否端正？我压根就没有什么偷窥癖，我对别人的私生活一点也不关心……一！点！也！不！"

唐觉说："我知道。"

他指着远处的那个贴膜男孩说："别忘了正事，帮我听一下他到底在说什么。"

尹岚别过头继续调节着手机，她清晰地听见男孩正拿着耳机通话，言语之间简直不像是人能发出的声音，古怪单调的电子声正在极有频率地从他唇齿间迸发出来，变成一团让人直起鸡皮疙瘩的诡异噪点。

尹岚有点不相信自己的耳朵，男孩卡碟一样的通话声却是确确实实地持续着。她在夜色下看不清男孩的脸庞，只能感觉到他眼神里透过来的冰冷。

她放下手机惊惧地问："那男孩儿怎么了？"

唐觉平静地说："他是被洪水淹死的第一批人。"

她感觉到自己的胸口正在突突地跳着，她努力地平复着呼吸说：“什么意思？”

唐觉说：“我问你一个问题吧，人脑是一个安全的系统么？”

尹岚没法回答。

唐觉说：“大脑的开机密码不会比‘123456’更高级，因为记忆里满是破绽。”

远处的那个男孩已经立起身子来，向着尹岚两人的位置靠近。唐觉的声音放得更轻，他站到尹岚身前，回过头说：“把手机关掉。”

尹岚在嘈杂中没有听清楚，她问道：“你说什么？”

唐觉厉声重复道：“把手机关掉！”

两人面前的LED屏轰然间熄灭下去，整个广场霎时间失去了一切信号，WIFI、4G还有通信网络一齐扎进泥潭，停车场里的几十台轿车发出刺耳的警报声。

尹岚的手机传来轻微的蜂鸣。

8

尹岚在十岁的时候，用自己两根食指慢吞吞地打字，缓缓地敲出开机密码。那是她第一次对这个冰冷而复杂的数据世界产生好奇。

人类通过那些笨重的显示器，获得了新的理解世界的方式。在她小时候那个年代，他们会用“网上冲浪”来形容网络带来的新鲜感。

和真实世界的冲浪一样，在信息时代的人都在和海潮搏击。尹岚享受着在狂风中激进的快感，但她也知道——

数据和海水一样，都会让人溺死。

千禧广场现在仿佛潜入到了万米以下的深海，沉闷得发不出一丝声音。

唐觉轻叹一声说：“尽头又要提前了。”

广场上拥挤的行人不会发出一星半点的声音，那个举止反常的男孩像是轻轻投入湖面的石子，在人群中泛起一阵涟漪。相同的症状正在疾速地在人海中传播着，嘈杂的电子噪点正在从这些人的声带里有条不紊地震动出来。

只要三秒的时间，漆黑的广场已经变成了一个蜂鸣器。躁动的人海泛起震耳的电流杂音，他们成群结队、有如铺天盖地的蝗虫。

那些西装革履的人们、情深意长的人们、闲庭散步的人们，现在都挂着冰冷的眼神，发出无意义的音节，朝着尹岚两人靠拢过来。

这一切快得像堤坝崩塌。

尹岚已经在原地吓得呆了，唐觉一把夺过手机，死死地拽着她大衣的一角说：“过来。”

唐觉拉着她来到停车场，应急灯已经尽数损毁。那些昂贵或低廉的私家车大多都已经失去了主人，它们最终会被揉成一团，暴尸荒野，直到腐锈、长满青苔。

唐觉来到一辆黑色奥迪前面，把手机放在前挡风玻璃上片刻，淡蓝色的纹路从车窗扩散下去，车门应声弹开。

唐觉说：“上车。”

尹岚说：“你竟然入侵了一辆车？这可是封闭的嵌入式系统……”

随着引擎的轰鸣，尹岚已经没心情提问了，她用安全带把自己捆死在座椅上，看着这辆车沿着人行道飞驰下去，快到几乎没有影子。

唐觉熟练地摆动着方向盘，车头正在以极限的角度扭转，这辆车灵活得如同一只黑猫，在街头踮起脚尖跳跃。

唐觉看着广场上围着的人海，皱着眉头说：“太多了。”

尹岚说：“这些人还能恢复正常么？”

唐觉说：“以现有的医学水平，不能。”

他用手机的前端正对着广场中央大荧幕说：“帮我照明。”

已经湮灭的光亮重新从大荧幕唤醒出来，刺眼的白光包裹着巨大的英文“NULL”。在光亮的吸引下，异变的人群有一部分离开了车身，像是朝着灯塔一样结队而行。唐觉的车强行开出了几个街区，而身后的人群像是乌云。他们仅仅咬住唐觉的尾迹，所到之处，会中断一切电力通信，把那里蚕食成漆黑一片。

如果从整个城市的上空俯瞰下去，尹岚能清晰地看到从灯火通明的市中心开始，那团黑色一点点地转移和扩散。它像是一处伤痕在发炎并溃烂，是愈发恶化的疮口。由南至北四十公里，信号被彻底埋葬。只剩下机械麻木的人群争相追逐，他们井然有序，却又大为失态。

无论男女老少，无论身披锦衣还是赤裸，他们喋喋不休，声势浩大。

人类自石器时代以来，第一次因外力而显得如此团结。

一个家庭主妇提着菜篮从混乱的生鲜超市出来，她还没有来得及反应，就已经加入了异变的大军。她发出规律的声音，关节扭曲地在沥青路上前进，刚刚好走到唐觉的路线上。

唐觉没有丝毫犹豫，他加大马力碾了过去，女人被直接撞飞到路边护栏上，护栏被生生撞得凹陷下去。

尹岚倒吸一口冷气，不敢再看那女人面目全非的模样。她蜷缩成一团，浑身发抖地说："我不是同情心泛滥的人……但也不会心如铁石，你真的一点情感都不会有么？"

她不敢相信唐觉就这么平静地杀了一个人，生命对唐觉来说，简直就像是数字一样冰冷而无价值。

唐觉用眼神的余光瞥了一眼她，过了良久说："那么贵重的东西，我怎么会有。"

9

当唐觉的车开上高速路十几秒钟之后，收费站的灯光暗了下去。这意味着整个 Z 市已经彻底瘫痪。他们顺着公路来到下个城市，天已经蒙蒙亮了。

而这时尹岚才知道，唐觉在二十几处城市都购入了房产，每一处都有不同的身份做支撑。

B 市依旧是一片祥和，看起来刚刚经过一个安宁的雪夜。两人回到家中时，屋子里竟然还没有蒙尘。

尹岚一直认为这种极客的家会凌乱不堪、垃圾满地。但其实一直以来，她也把黑客妖魔化和标签化了。他们都是普通人，至多是有棱角的普通人。

她心有余悸，但她已经太累了，沙发简直像沼泽一样让她深陷不起。

疲倦的尹岚瘫倒在上面，刚刚经历的一切都恍如隔世。早间新闻竟然风平浪静，每一帧画面都在传达着国泰民安。

唐觉说："国家需要维稳。现在 Z 市机场禁飞、高速全面封锁、火车动车全线停运。除此之外，还波及到六个省份的网络状况，是全国有史以来规模最大的一次网络灾难。"

尹岚说："到底发生什么了？"

唐觉说："尽头的提前是我计算之外的事情，你本不应该现在就知道一切的。但既然你已经目睹了这么多，那我就要全盘托出。"

唐觉说："如果我有五千张 A4 纸让你不重叠地平铺在这间屋子里，你能做到么？"

尹岚不解地摇摇头。

唐觉说："人类计算机的储存格式，就是在平铺 A4 纸。就算有一定程度的压缩，也不过是让纸张之间稍有重叠而已。人类做不到把所有纸张叠成一摞，因而从平面上要浪费巨大的空间。但在三年前，一种格式提供了新的思路。它像是把所有 A4 纸揉成一个巨大的纸团，即便是五千张 A4 纸，如果纸团压得够结实，这间屋子也是放得下的。”

他走到卧室里，端出一台笔记本说：“我们称这种格式为‘信息黑洞’。”

尹岚说：“黑……黑洞？”

她像是本能地警惕着这个词汇，尹岚讨厌失控的事物：比如嘴里发出噪音的人，言行古怪的唐觉。

唐觉说：“是的。最开始我们命名其为‘数据质点’。经过尝试发现，它并不是一种严格意义上的文件格式，它是一种截然不同的信息媒介。人类已知的信息媒介有硬盘、软盘、光碟、书籍甚至大脑，这些都是真实存在的事物。但是这种媒介，它没有实体。”

尹岚猛然间想到了最开始她对唐觉的评价，简直和这些话如出一辙。那时她说唐觉“他不存在，他是空白”。

唐觉说：“‘信息黑洞’是一种极为节约的贮存方式，正如它的名字，任何信息都会像丢入黑洞的物体被压缩到极致。但另一反面……它的压缩不是可控的，更像是一种本能，信息黑洞会吞噬能接触到的任何形态的信息。”

唐觉点开了笔记本，纯黑色的桌面正中心摆着一个名为“0.NULL”，图标是压缩包一样的东西。

唐觉指着那个压缩包说：“这个文件在电脑里显示的大小为1byte。但是它已经吸收了超过700TB的文件了，现在每秒钟都至少吸收超过0.4GB的文件。一团简单的代码正在衍生无效数据供它吞噬,如果这个电脑的磁盘读写速度再慢一点,你知道会怎么样么？”

尹岚起了一阵鸡皮疙瘩，她茫然地摇头。

唐觉说：“蝗虫会聚集在丰收的田地里，黑洞也偏爱大密度的物质，信息黑洞同样如此。在这间屋子里除了硬盘以外，贮存效率最高的容器，是你我的大脑。”

尹岚的声音在发抖,她说：“我大脑内的信息,它也会夺走么？”

唐觉说：“当然。那些活动的神经元从物质层面来说，一点也不比硅晶体高级。”

他紧接着说道：“只要轻轻点击一下鼠标，就能格式化你的一生。”

唐觉没有理会两眼出神的尹岚，他打开了一个抽屉，掏出了黑色的长盒。他深吸一口气说：“信息黑洞是人为制造的大洪水，所以我们要自己建造诺亚方舟。这是我为你准备的最后一堂课。”

10

窗外又开始落雪，白色静谧地渲染着城市。对于 B 城人来说，全然不会知道这个国度上出现了偌大的创痕。丑闻和骸骨一样，迟早都会被大雪掩埋。而到下一个春天，这些脏东西都会被融化的雪水洗刷下去，被遗忘干净。

唐觉平静地打开长盒，盒子里静静地躺着几十部型号各异的手机。这些手机无一例外有着黑色外壳，而且全都是崭新的。

唐觉说："随便哪一部手机，只要你能解开开机密码，它就是你的了。"

尹岚凝视着长盒良久，猛然间唤醒了一些画面的碎片。

她像是无形间与这些死寂的电子器件产生了共鸣，那些盒子中的手机刹那间失去了光彩，变得透明。她本能地感觉到另一部手机正在呼唤她，就像是在梦里听见了自己的乳名。

尹岚现在想去承认，人和数据之间有着微妙的联结。

她指着唐觉说："我要你的那部。"

唐觉愣了一下说："我的么？"

尹岚说："对，就是你的手机。"

她接过了唐觉的手机，手指正在屏幕上飞快地拨动着，完美地重现了二百五十六面体的崩塌。

她不知道自己是怎样完成这些的，或许是本能，或许是某种意义上的超常发挥。那些灵活的手指几乎是凭借着肌肉记忆在运转，精密到让人屏息。

唐觉笑了笑说："没错，这本来就是送给你的。"

尹岚说："单凭这个手机，就能让我们避过洪水么？"

唐觉说："当然不，这只是计划之一而已，接下来你还要……"

尹岚打断他说："唐觉。"

她直视着他的眼睛，那目光像是第一次穿透坚硬的荧光屏，落到唐觉的身上。

她说："你还有事情在瞒着我。"

唐觉摇摇头。他从长盒中随手拿走一台手机，把黑色的风衣披到自己身上。这样打扮下的他因为穿了不合身的宽大衣服，反而显得更年轻了一些。他微微垂下眼帘看着尹岚，就像是某种同情。

他"哗啦"一声把窗帘拉上，低声说："你熬了一夜了，早点休息吧。"

尹岚猛地爬起身说："不，你一定有事情还瞒着我……你说信息黑洞是人为产生的，那么现在在 B 市肆虐的大黑洞和你电脑里尚存的这个压缩包一定有所关联。或者很有可能你就是信息黑洞的制作者……"

如果真是唐觉制作了黑洞，但是他又声称在制作诺亚方舟。他所谓的培养接班人到底是什么目的？他所展现的黑客神迹又出于什么样的原因？

她的眼睛空洞而失神，声音嘶哑地问道：“不对……你……你把我叫来的真正目的是什么？”

唐觉怔了一下，不敢置信地看着尹岚说：“你该休息了。”

话音刚落，屋里的灯光突然变得忽明忽暗，电视机也出现了扭曲的色斑。桌上的笔记本几次濒临系统崩溃的边缘，发出了 CPU 过热的预警。某种不可见的风暴正在席卷着这间屋子，似乎要把一切电子元件都扯得粉碎。

他一把拉住了尹岚说：“抱歉。”

唐觉的手掌重重地敲在她的后脖颈，尹岚猛然间失去了意识。

11

“本台的前线记者已经第一时间通过直升机抵达 Z 市，可以从上方看到千禧广场前日产生的大规模暴乱事件仍在持续……”

尹岚醒来时头痛欲裂，她全然不知道自己睡了多久，时间在浑浑噩噩间流逝了。从新闻报道的时间点来看，至少已经睡了两天一夜。

她看着电视里的画面，Z 市仍然处于一片混乱之中。她所担心的是，如果唐觉关于信息黑洞的描述没有偏差，那么黑洞的扩散方式应该也是“信息”。这样异变人群嘴里发出的声音也能够理解了——

那种混乱的噪音或许是黑洞的传播方式之一。这架悬停在天上的直升机也不是绝对安全的……只要几秒钟的音频就能害死所有人。

但是为什么她和唐觉能得以幸免?

她想不通。

如果说通过某种感官，比如视听观察到黑洞会引起黑洞传播。类似于用隔离的方式对抗传染病，那么对抗信息黑洞最好的方式应该是“无听无视”。她的责任感告诉她应该立即去通知军方人员，但从侧面来说……真的会有人相信一个疯女孩的话么?

现在，又来得及么?

天黑了，屋里已经没有了唐觉的踪影。她喊了几次名字，没有得到任何回应。她没有心思乱翻他人的隐私，只是自己身上的衣物实在略显单薄。在唐觉的衣柜里翻找了片刻，她竟然发现了几乎跟自己同款的粉色睡衣。

她鄙夷地“嘁”了一声说：“这是……心理变态么？！”

尹岚茫然地在屋里转了几圈，只剩下沙发上的手机能跟外界联系。

她皱着眉头自语：“唐觉是一个很喜欢这种解谜游戏的人，该不会又把关键信息都留在一部手机里面吧。”

昏迷之前的事情，她有些记不清楚了。印象之中似乎是同唐觉发生了些许争执，但很快就不明就里地被他打晕了过去。而现在她完全提不起生气的念头，只想重新找到唐觉把事情问明白。

这种没来由的信任，她也说不清楚。

仔细端详这部手机，显得平平无奇。只是一部普通的安卓手机而已，之前用来监听他人通信的 APP 明显已经被删掉了。唯一奇怪的地方是手机的日期停留在 2022 年 6 月 23 日，无论怎么修改，都会重新回到这个日期。

她会心一笑，已经明白了个中寓意。

尹岚又重新尝试了手机中的每个 APP，都十分寻常。而当她打开支付宝的瞬间，她愣住了。

尹岚的支付宝里永远有了一块钱。

应该说，现在她的支付宝里永远有且只有这一块钱。无论如何转账、支付、提现……进行各种花样繁多的操作，她的余额是永远不会改变的。

那是一个被锁定的数字，被凝固的像素点，尹岚在看向她的支付宝的时候，就好像在看着数据的洪流渐趋平静，最终变成一潭死水。

她现在隐约明白了……所有的古怪，所有的反常都是一个闭合的环，严丝合缝。

她动身出门的时候，电视机里的画面变成了雪花点，也许是那台直升机沦陷了，又或许是电视台崩溃了。

总之，都是尽头。

12

B 市科技大学的图灵纪念碑十分宏伟，他就站在校园南门的咽喉处，像是在俯瞰着整整一片软件园。

尹岚打车后第一时间来到了这里，她虽然不抱太多希望，也要来这里试着找些线索。她绕着气派的碑座转了三圈，几乎背下了所有碑文。寻求无果之后，又来到旁边的自动贩卖机，准备买一罐热饮暖暖身子。

而在这时，她一眼瞥见了停在一旁的黑色奥迪。

从车上下来的男人，是唐觉。

她嘴里嘟囔着说：“竟然还真让我猜对了……我本以为会是更难的东西。2022 年 6 月 23 是图灵的诞辰日，也正是在那一年科技大学大规模修缮了图灵纪念碑。”

这位不受理解的计算机天才在百年之前，不知是否遥遥预见了时下光景的一角。孤独的灵魂无处安放，跟图灵机里的数据一样寂寞了整整一个时代。

天才往往没有朋友，后人的敬仰也通常止于讶异。

尹岚笑了一声说：“这是你自己的车？”

唐觉点点头。

尹岚说：“这两天去干吗了？”

唐觉说：“有很多麻烦事要解决。比如黑洞污染了百度的三台服务器，为了防止所有无意间使用搜索的人都被传染，我们只好暂时停止了百度的部分服务。另一方面，对海外网络的访问现在也……”

他停顿了一下说：“算了，这些都没关系。”

两人的对话平淡自然得像是多年未见的老友。

尹岚说：“我的支付宝是怎么回事？有兴趣讲讲嘛？”

唐觉说：“到了今天，什么都可以讲了。这个故事需要从很早很早讲起来，等你听完的时候，就太冷了。”

尹岚摇摇头说：“没事，不怕的。”

唐觉说：“我曾经用A4纸举过例子，现在可以规范地说一下了。如果说人类的数据存储是二维的，那么信息黑洞就是三维甚至更高维的。关于三维存储的研究，在很早就开始了。我和一个远比我更天才的女孩一起合作，两人在该领域的成就独树一帜。”

尹岚莫名地感觉到了不安。

唐觉说：“那个女孩叫尹岚。”

她打断说：“不可能！我是一个万年家里蹲……”

唐觉说：“不要着急打断我，听我说完。”

她沉下头去，脸上看不出一丝表情。

唐觉接着不紧不慢地说：“我们两个人……怎么说呢，或许算是灵魂上的挚友吧。反正对我来说，第一次见到如此有共鸣的人。这跟性别无关，是本能上的契合。不过在那个时期，我刚刚经历过一些特殊的事情，心思无法完全投入到研究中，经常偶尔会离开实验中心，放任她独自沉浸在研究中。直到有一天，她在客观上产生了一种目前尚且无法解释的介质……‘信息黑洞’”。

唐觉说：“信息黑洞第一时间附着在她的大脑上，而当我赶到现场时，她已经失去了十天的记忆。”

他指着尹岚说：“你创造了信息黑洞……你也变成了黑洞。”

尹岚说:“这不对……你是一个天才级的黑客，我只是一介庸人，我不可能……”

他靠近一步，直视着尹岚的眼睛说：“你想不通么？想不通你为什么并不强大？你拥有百年不遇的学习天分和创造力，你是真正意义上的超级天才。而信息黑洞在你的大脑深处，它使你羸弱，使你混沌，把你变成普通人。你是活在氪星石下的超人，是待机工作的运算矩阵！”

尹岚呆滞地说：“不可能……你能把自己的电话号码变成0还不留痕迹，你用黑头像的‘NULL’能发出幽灵微信，你才是真正的天才……”

唐觉说：“我……的确算是黑客，但你说的那些并不是我做的。当你的大脑偶尔不能支持信息黑洞的吞噬，它就会吸收你附近的信息体。我的手机号码是普通的号码，我的微信名字也是‘唐觉’二字。我的微信头像是你的照片，我也没有删除你的通话记录。我没有加密我的电话声音，是你把它剥离成了电子音。”

他说：“这些信息……都已经被你吸收了。它们都归零了。”

尹岚感觉自己的喉咙里咽下了一根针，她说不出话来。

唐觉说：“我曾经用堡垒比喻你的电脑……现在我来解释一下为什么我能如此简单地入侵你的计算机。因为那台电脑原本就是我的，是我送给你的。我就是城堡的主人。但这些事情，你都不记得了。”

他说：“我曾经以为让你接着去学习新知识就能填补黑洞，但质量越大，引力就越大。你吞噬的东西越多，黑洞就越猖獗。直到那一天，你在千禧广场，通过电话把那个男孩的记忆吃干挖净，把他变成行尸走肉。我意识到，快要到临界了。”

尹岚把自己的头发抓得分外凌乱，她绝望地半跪在地上说：“这不对……如果你说的是真的，连你自己都自身难保……你不可能存活下来的。”

唐觉冰冷地反问道：“人类是怎么战胜天花的？”

他说：“我为自己植入了一个削弱的黑洞。它是我的天花疫苗，让我能免遭侵蚀。但另一方面，黑洞在一点一滴地拿走我最后的情感，这是我付给他的房租。”

他说完摇摇头，勉强地挤出笑来说：“说点轻松的。”

图灵纪念碑就在他们身后，那些碑文都像是最后的箴言。大雪把碑座盖满，雪夜下的两人默然相对，就像是两尊温暖的冰塑。

唐觉说：“我向你介绍我自己太多次，有点累了。你记性越来越差了。千禧广场，去过也有一千次了。你也都忘了，都无所谓了。你家的住址，你自己会忘掉，我会重新领着你过去，再买下新的睡衣。

咖啡杯、键盘还有泡面……”

他别过头说：“尹岚，这样的日子，有三年了。”

他从风衣口袋里掏出一沓照片，随手散落在雪地上，两人的几十张合影慢慢覆上雪霜。

他说：“你是我为数不多的朋友，你极其重要。我想不到办法来保护你，你是一触即碎的芦苇，你是立在悬崖边上的天平。”

他说：“我能想过的就是让你好好活着。就算我没有感情，已经无法怜惜你的生死，可一旦你死了，也没人能补上黑洞的吞噬力。”

尹岚想不起来了。她抱着那些照片止不住地摇头，心里却无法唤起悲伤的感情。她只能满怀愧疚地、绝望地重复着：“对不起……对不起……”

她记不起这个陌生人了，那些照片都像是后期加工过的图影，在她心底里泛不起一丝一毫的波澜。

这些回忆都不存在，都是空白。

唐觉说：“打开你的支付宝吧，这是我送给你最后的礼物。是一个数字，我设计好的。当它归零的时候，就代表你到达临界了，你撑不住了。”

尹岚浑身发抖，她不敢掏出手机去看那个数字。她起身颤颤巍巍地敲点着自动贩卖机，两罐咖啡从里面滚落出来，她掏出一罐想递给唐觉。

呼……

大风肆虐地卷着雪花从两人之间穿过，地上的照片被吹得七零八落。在尹岚没有注意的口袋里，支付宝上的数字疯狂地闪动着，最后变成一个规则的、标准的零。然后那个零又重新恢复成一，但仍在剧烈地震颤着。

尹岚猛然间感到一阵刺痛，就像是被一条钢针贯穿了脑髓。所有的事物在她面前天旋地转，所有的一切失去颜色又重新交织。

几百亿个像素点奔涌在她的眼角膜里，数据的海洋从她的神经元奔腾而出。

她睁大了眼睛，只认得茫茫大雪。

面前这辆黑色奥迪是谁的？这个男人是谁？这罐咖啡又是给谁的？

穿着黑色风衣的陌生男人过来拍了拍尹岚的肩膀，他冻得鼻子通红，声音竟然有点哽咽。可他的眼神还是一样漠然，两人擦肩而过。

尹岚全然没见过这个人，不由得吓得退了一步。

他用温柔的声音说：“少喝点咖啡，对心脏不好。”

注 1: 【Base64】: 一种互联网常用的编码算法。

注 2: 【信息熵】: 用来描述量化描述信息的概念。信息熵理论间接阐述了数据压缩的极限。

注 3: 【DEMO】: 一种利用 CPU 直接进行即时画面演算的技术,通过极有限的代码产生相当时长的动画。

附言增订:

这部分内容建议非计算机专业读者跳过,有兴趣的可以选择阅读。

Base64 是一种不能直接对汉语使用的编码,所以需要第二个编码表作为“跳板”,将汉字率先转化为其他字符。因此说“某个汉字的 Base64 编码”是不严谨的,在不同码表之下的结果也是全然不同的。在 PHP 中,源文件的编码格式则会决定“跳板”的格式。

关于文中的唐觉口算 Base64,由于这里的汉字转 Base64 是我大一时手敲的（倒是没有大的bug），中途使用的是JS自带的escape() 编码。它产生的Unicode编码是 %u7F16%u7A0B ，这一编码再经过Base64编码，就是文中的JXU3RjE2JXU3QTBC。

但实际上escape() 函数的编码方式已经被逐渐废弃（而且这样产生汉字Base64也是不规范的）。

正确方式应当是使用utf-8编码的十六进制表达（如‘编’字为 E7BC96）直接作为二进制串进行编码，然后对应Base64码表的字符。这也是PHP自带的Base64_encode 函数的操作方式。按照这一方式得出的“编程”二字的Base64编码，则是 57yW56iL（精准了许多）。

鉴于种种原因不对文中代码进行更改，大家姑且就当作这个架空世界里面计算机科学已经畸形发展，连正确的编码方式都没有想到过吧……

鞠躬致歉

011 CHAPTER

托管大脑

“医生，医生！我到底被托管了多久？”3号床的客人在我身后紧跟不舍，他焦心地一遍遍问着，让我全然没法对他置之不理。

“大脑托管”是一项成熟的医疗服务，可以让人在意识沉睡的情况下，照常工作数天。

你会睡着，而身体，则上了发条。你的言行举止，一切如常。你的生活按照轨迹惯性地前进，只不过心神得以安眠。

这项几十年前渐趋普及的医疗科技极大地减轻了人们的精神压力。往往面临即将到来的繁重任务时，人们会选择将大脑托管，卸下重压。

睡着了就能搞完毕设、敲一万行代码、码十几篇稿子、写两三沓作业，的确足够诱人。

3号床的客人，时年三十一，男性，平面设计师。托管目的是完成一项设计任务。备案上明确写的托管时间是三天，但是他却感觉断档了快有两个星期。

他结束托管时，一看到日历就狂躁起来，全身仿佛要腾起火，差点把床头的花瓶砸得稀烂。他喊得青筋迸露，嗓子里渗出血丝："到底多久了！多久了！"

客人的力气出奇的大，像一头斗狠的蛮牛。我和助手拼尽全力才制住他，否则他定要把店里闹个底朝天。这家店可是曾经大脑托管的医学实验室改造的，历史悠久，意义深远，要是让一个外人就这么闹翻，我也没颜面见几十年前在这里呕心沥血研究过的老所长。

我继承了所长的衣钵，选择了将这里商业化。几年来接过的单子里，的确偶有出现托管时间异常的情况。但绝大多数都表现为缩短，极少有延长的。

可一旦延长，那种给人的惊惧感是无以复加的：你的身体在理论脱离了大脑托管时间情况下，仍然擅自行动了数天。

你，有如脱线木偶。

人们最怕的往往不是事态的恶化，而是事态的失控。

所以这位客人的心情我完全可以理解。我一边让助手安抚他的情绪，一边调出了他所有的资料信息，希望能从中找出异常的端倪。

客人在门外声嘶力竭的喊声让我也心烦意乱，我紧锁着眉头，在屏幕上检索着他的过往记录。

如果没有脑科疾病史，会不会是过往托管流程不规范引起的？我这样想着。

可是查遍了所有资料，都没有一点头绪。这位客人的病因或终将石沉大海不得而知，手头也再没有任何有价值的信息可查。

不对，还是有的。我猛然想起了办公室里的旧电脑。

那电脑上同步自研究所时期以来，到今天为止，所有的“大脑托管”服务记录。那是最原始最真实的资料，一定不会有任何疏漏。我连忙开启电脑，操作起已经落尘的键鼠。

资料的确详尽丰实，细细打量，里面囊括了含我在内的，自研究所时期以来这里的所有备案。

果然，3号客人的信息就蕴在其中！

等到我翻到他备案信息的第一页时，身体倏然僵住了。在这个不起眼的信息页，“托管状态”那一栏赫然写着“未结束”三个大字。

这说明，在他上一次托管还没结束的情况下，就开始了他新的三天的托管流程。

这是于意识沉睡状态下的，二次托管。

我头皮一阵发麻，叫来了助手，怒声喝道：“这记录是你做的么？”

助手茫然地摸摸头说：“我记不清楚，也许当时我还在托管状态。”

我大声骂道：“谁允许你私自给客人，给自己托管了！谁又允许你在客人已托管的情况下进行二次托管！你知不知道那样会产生什么后果！”

助手沉下头去，认错一般低声说：“意识沉睡时间异常。”

我憋着一肚子怒火，抬起眼帘扫过 3 号客人的备案信息。

看完的霎时间，我的所有火气都被压了下去，却几乎快要喘不过气来。面前的文字像是一纵锋利的倒钩，把整个心窝都贯穿。

我呆住了。

我到现在才意识到错怪了助手，因为这记录根本就不可能是他做的。

3 号客人申请的托管时长是，三十一年。

大概是研究所时期，进行大脑托管研究，那人体实验的牺牲品吧。

三十一年，犹在梦中。

都过去了。他今年三十一岁了，到今天，刚好结束托管。我握着鼠标的手在发抖，心中阵阵恶寒。门外的客人突然停止了嘶吼，传来了一声清亮的啼哭。他今年三十一岁了，到今天，才刚刚出生。

012 CHAPTER
限号国度

1

“白露，你姐家的孩子是单数生日还是双数生日？”

白露昂起头回想了片刻说：“双数。”

我舒口气说：“那还好，今年是单数限生。一三五七九的新生儿是要做回收处理的。”

白露说：“那我姐姐计算好的，卡在16号的凌晨出生。要不然怎么办？白遭十个月活罪嘛。”

我试着望向前面长长的车龙说："哪个时间段生孩子你姐都能控制，也算是医学界的奇迹了。"

但很遗憾，我根本看不到一辆车。

大雾笼罩在巨型都市 X 市的上空，工业废尘正在空气里肆意地欢舞。车载过滤器发出橘红色的警报，是雾海里为数不多能瞥见的光亮。

长安路的六条车道被汹涌的车流贯满。由南至北十几公里，不可能有一处空旷的角落。繁华的都市此刻像一具庞大的尸体，在每一处引以为傲的健硕躯干里面，感受不到一丝流动的血液。

在长达四个小时的堵车之后，连鸣笛都成为了浪费体力的一件事。车窗外的世界昏暗又死寂，如同一处人工造物里面的荒野。

还好我在后备箱里准备了不少"干粮"，能让我和白露一边侃大山，一边避免消耗过大而渴死饿死。

即便车流堵成了浆糊，但我知道这些车最多也就是 X 市车辆的十分之一罢了。因为今天是"3 号准行"。先前电视台还发布什么"今日 012345 789 限行"之类麻烦的通告，最近直接开始说哪些号准行了。

我说："砍掉九成的私家车竟然都堵成这样，接下来还能怎办？把限行准则再加上一位尾号，以后只有 00 到 05 准行？"

白露说："要不然，在限号的基础上，以后规定某天只有女司机可以上路。"

我笑了一声说："那跨海大桥都能让你们撞垮了。"

街道的应急扬声器发出刺耳的蜂鸣，X 市的交通指挥中心又开始重复那低沉的女声。

“长安路发生了大栓塞，请各位耐心等待……”

“重复，长安路发生了大栓塞，请各位耐心等待……”

“重复……”

2

周期性爆发的超级规模堵车，被我们称之为“大栓塞”。在整个国土只有两个超级城市 X 市和 Z 市之后，大栓塞就成为城市高度扩张后的顽疾。大栓塞普遍持续在 20 到 40 小时之间，城市的后勤机构在必要时会空投补给，直至道路从瘫痪中苏醒过来。

离开了车载的空气过滤装置，单凭那薄薄一层口罩，没有任何人能在户外坚持超过十分钟。所以我们宁愿在车里老死，也不会下车走哪怕半步。

我说：“白露，是不是后悔今天跟我出来了。”

白露一边伸着懒腰一边说：“后悔什么。家里的米要吃完了，前几天又是限购日。好不容易能出来买东西吃，总不能干饿着吧。”

白露说这话的时候身上散发着一种淡淡的香水味。我说不出来那是什么东西的味道，但是很好闻。

我说："你连米都没得吃，却有心思喷香水？"

她笑了笑说："你不也是么。那时候你家里的电暖都停了，还最后一丝电给你的电脑。宁愿在瑟瑟寒风里敲键盘，也不愿意在暖被窝里睡上一觉。"

我反驳不了。

每月尾号369的日子家里才会供电，我会把所有的蓄电池和复合电容充满，来面对接下来三分之二没有电力的时间。

在这个寒冷的腊月，电暖炉成为支配家中电能的权柄。但那最后几千瓦时的电，我选择留给我的笔记本。

我说："就算我手指头冻断也要给电脑供电，不然怎么联系到你？"

白露说："冻断了可是打不了字的。"

我和白露之间的关系很难形容。同学？朋友？好朋友？我们一路从高中到大学，现在又为同一家金融公司效力。这么多年来她都那么干练，让人感觉高不可攀。我只是白露光鲜之下的一个小小陪衬，是她绚烂诗章的一个注脚。

但现在只有一个词形容我们的情况最为恰当，叫利益共同体。我们抱着同样的目的远离家门，只不过一个需要大米，一个需要电。

脚下传来了微微的震颤感，应该是城市的中枢引擎正在运作。X和Z是两个紧邻的圆形城市。他们的底部都配备了这样的引擎，能支持他们360度无死角地旋转。

澎湃的地热能催动着引擎的每个涡轮，一次旋转最快可以被压缩到十小时。从上空看去，两座矗立在海面上的城市像是一大一小、紧紧咬合在一起的齿轮。

这样几乎是两片大陆的每一个城区都有机会以最短的距离衔接在一起，实现了和谐的公平公正。

但两片大陆就算发了疯一样转起来，也不会对这凝固的车流有任何缓解。

我说：“这一次的大栓塞，希望后勤部队动作快点。要是超过十五个小时还没人来，咱俩就先录个电子遗书吧。”

白露说：“怎么会。我们有水、有面包。最关键的是有我。”

我说：“有你顶什么用？”

白露说：“解闷啊。”

我指着车上的能耗仪表说：“但是解闷解不了工业污染。剩下的汽油只够支持车载过滤器继续工作 15 小时，在那之后，没有丝毫净化的空气会涌入这个车厢。”

而到那时我们会呼吸着带着铁锈味的空气，肺部会第一个被重创。只要十分钟的时间，我们的呼吸系统就会被打成筛子，复杂的化工产物顺着红细胞运输到全身。再然后，白露那张漂亮又粉嫩的脸蛋就会彻底失去血色。

剩下这些话，我不敢说出口。

白露转过头看着我的脸没有说话，她默默地帮我把歪了的眼镜扶正。

我该庆幸她的手指还有温度。

3

八个小时过去了。

我还是听不到街道上的任何声音。

一方面得益于空气污染：有一些污染物像是微型的棉絮，它们漂浮在大气里铸造了无处不在的隔音墙。在室外只要间隔三米，引擎的轰鸣也会声若细蚊。

另一方面，大家都在节省体力，绝望的大喊大叫只会徒增损耗。

后勤部队依然杳无音信，为了支持过滤器的工作时长，我调低了车内的温度，集中了能源。

空气远比寒冷可怕得多。

我已经能在车里哈出白气了。转头看向白露，本想问她一句“冷么”，但是想了想又作罢，我把我的羽绒服直接披在白露身上。

白露说：“我不冷。”

我说：“你冷。”

我就这样轻描淡写地替她决定了，她没再反驳，而是蜷缩在一角一声不吭。

我说：“你先睡吧，我查一点东西。”

我掏出了我的笔记本，还有仅存的20%电量。就算这最后一点电，我也要让它有价值地发光发热。

我查看了一下X市中枢引擎的运转情况，每一个角度的扭转都设计得毫厘不差、天衣无缝。

城市仍在安稳地旋转。

在我们看不见的地底深处，无数的活塞正在灼热气体的冲撞下高速伸缩，脚下的震颤如同巨人苏醒前的低吟。

看着电脑上的图表，我自语道："我们刚刚掠过近 Z 端，正在向远 Z 端缓缓前进。"

这对我们来说是一个好消息，因为众人皆知两个城市的交汇处污染最为严重。而远离 Z 处的空气虽然同样饱受创伤，但总归比现在情况要乐观。随着中枢引擎的旋转，空气过滤器的能耗也会降低。

我又查询了一下长安路的路况。比我预计的更加惨烈，这一次的大栓塞竟然延绵七十公里，堵塞的车辆估计超过五百万台。在 X 市的历史之中也属于比较罕见的巨无霸规模了。

不知从哪个金属端迸溅出来的电磁信号，正在跨越密密麻麻的通讯干扰来到我的电脑里。微弱的网络之间，割裂了上百公里的空气。这个时代，信号或许是唯一不会拥挤的东西，它们永不止息，它们前赴后继。

很快地，我的笔记本弹出了低电量预警。我把亮度调到最低，打开了音乐软件。为了节能，连音量都是最小的。婉转的女声是贴在耳畔的私语，把整个城市的死寂都唤醒，然后沉入我的脑海里。

在若有若无的歌声里，我遁入梦乡。

4

我曾经跟白露说过，如果我们晚十年出生，可能根本就不会出生。

白露说，她计算了一下，好像那天她真的会被限生。

说这话的时候，我们两个正在一人扛着一管笨重的复合电容，戴着昂贵的呼吸面罩从 Z 市的边境市场回来。我计算好了中枢引擎的速率，特意选择了一个合适的旋转角跨越大陆桥。

在 X 和 Z 的大陆桥上，我们看见 X 市的地标建筑缓缓地旋转着。即便他们的顶部隐藏在乌云里，即便浓重的雾霾部分遮蔽了它的雄姿，即便我们到现在都不知道这些建筑的名字，又是什么人在居住。

但是当那些建筑群像是锋利的刀刃一点点地划过铅色的云层的时候，我们屏息着，连大陆桥下咆哮的海浪都显得卑微。

酸化的海水和污染物混在一起，呈现着绚烂的幽蓝色。鲜艳的剧毒物在探照灯下，折射出复杂的光彩。隆隆涛声在桥下穿行而过，是两座城市在轻舞中的伴奏。

没有阳光也没有白云，画面阴暗而肃杀。可我看到这一切的时候，给出的评价是“壮美”。

白露紧锁着眉头说：“很壮，但不美。”

我说：“你不感到震撼么？”

白露又重复了一遍说：“震撼，但不美。”

我沉默了许久。

超级都市和中枢引擎都曾被誉为“能让海水沸腾的旷世杰作”。

人类的造物在征服星辰之前，率先征服了大海。两座圆形巨城如同漂浮在海面上的偌大海岛，他们以整个大陆架为支撑，从此再也无惧日益升高的海平面。

城市俯瞰着整片大海，所有住民都像是波塞冬的子嗣。

这样的作品，到底算不算美呢?

我说："但你看到的这些庞然大物，养活了整整 210 亿人口。"

白露说："没错呀，我承认它很伟大。"

白露紧接着说："污染严重、食不果腹。供电也要限号，上街也要带呼吸面具。不戴上生化手套，一个小时就能把我的左手烧成青铜色。但又怎么样呢，这是 210 亿人，不是 210 人。养活两片大陆不是在过家家，社会机能总要运转，这些都是你我上大学时候的陈腔滥调了。"

她放下背后的大瓶子，缓和着粗重的呼吸说："我都懂的。"

说着，白露突然哭出声来，她还是在抽泣着重复"我都懂的"。

她一直那样喃喃地说着，一边哭得整个面罩都染上泪。她蹲了下去，哭声遮住了我耳边的浪涛。

我不知该怎样安慰她，任何说辞都显得太矫情了。

白露的母亲最终死于肺部溃烂。

那一天是白露家里的限电日，失去了过滤器保护的房间显得一触即碎。

如果 X 市的中枢引擎旋转得再快一点，哪怕只要快上十五分钟，让她妈妈的房间稍稍远离一下地狱般的近 Z 端，可能就不是这个结局了。

医生说，近 Z 端下的呼吸，每一次都有如在吸入上万根钢针。白露母亲肺部的 X 光照片，已经是一片朦胧。

白露的妈妈只是一个偶然的受害者，而中枢引擎的旋转是完全平均的。和谐的公平公正也在决定着生活中的诸事，包括一个人的生命。

而对于空气污染的常年研究之后，最近学术界公认的数据是：治理污染所衍生的代价，还要让这两座城市减少 35% 的人口。

那就是 70 亿人。

如果减少了这 70 亿人，白露的母亲可以得救。但是没有人可以保证白露的母亲，或者我和白露，不是这 70 亿人之一。公平的世界产生于公平的随机数。如果要减少的是尾号 2、5、8 的人口，我和白露都要成为祭品。

少数人的利益当然是利益，但多数人的利益更是利益。

这些话我永远也不会跟白露说。我只能拍着她的肩膀，给她递上纸巾。癫狂的浪涛拍打着高耸的大陆桥，我们两个在路边摇摇晃晃，像是海风里两根飘摇的芦苇。

在我的梦里，这些场景又一次钻入眼前挥之不去。我像是又来到那个灰暗的大桥，被风打得摇摇欲坠。

我猛然惊醒，才发现是白露在摇晃着我的胳膊。

那件羽绒服又回到了我的肩上，我揉着眼睛看向前方，仍旧是大雾弥漫。但令人欣喜的是，我能感觉出车辆竟然在缓缓地移动着。

我问：“后勤部队来了么？”

白露说：“不会再来了。”

5

很快我理解了白露话中的意思。

因为通常情况下，后勤部队的补给是一次到位。如果白露说后勤部队“不会再来了”，那就意味着在我睡着的这些时间里，他们已经来过了。

我四下环顾，没有看见后勤部队标志性的大帆布包。

我说：“补给品是？”

白露从兜里掏出一根短短的黑色金属管说：“是这个东西。”

我接过精致的金属管，那质地有点像金属磨砂，又有点像瓷器。

我不解地问：“后勤部队就空投了这么个东西？”

白露点点头。

一时间我无从理解后勤部队的用意。这根封闭的管子既没有开关，也显然不能食用，看上去就是一个人畜无害的废品。

车辆仍在缓缓地移动，而我却自始至终没有发动过引擎。而当我看到矿泉水瓶里倾斜的水面时，我找到了车流前进的答案。

地面已经不再是水平的了。

我看着车身钻过重重雾霭，忍不住头皮发麻。在这么长时间以来，所有人应该都是第一次见到这样的情况。X 市的主要干路突然间倾斜出一个微妙的角度，虽然看上去已经在缓解大栓塞，但肯定没有表面上这么简单。

重力在扮演清道夫。

车里的温度已经很低了，刚醒来的我忍不住打了一个寒噤。我看着白露若无其事地摆弄着金属管，心里也能猜到在我睡着的时间她承受了多大的压力。

我说："补给是什么时候来的？"

白露说："大概三个小时之前。补给到来之后，车子就开始滑了。"

白露哈出一团霜气，她在车门边缩成一团，像是要把自己裹进襁褓里面。

她说："讲点故事给我听吧。"

我点了点头。

在骇人的寂静之中，过滤器发出间断的杂音。车里所有其他的电子设备已经停止了运作，除去供暖循环在维持微薄的温度以外，所有的能量都流向我们赖以呼吸的电子滤网。

我说："但你该听的都听过了，我们在大学的时候你就听过了。那时候你坐在我后面，觉得故事有趣你就敲一下桌面……"

说到这儿，她突然敲了一下车窗。我们两个对视着笑了一下。

于是我跟她聊了很多东西，譬如学生时代，譬如我的工作，譬如她那个喋喋不休又热心肠的姐姐。

曾经的她是真正意义上的学霸，整个微电子专业都被她一支笔杆子征服。那个人人都还有希望的年代，她在学术的高峰上插上猎猎旌旗。

旌旗之下，我像是个不起眼的小跟班，闷声不吭地画着我的机械图纸。我们两人如何结缘，至今谁都记不清了，但一定是一件琐碎的小事。

是火堆里偶然迸出的一颗火星。

最后我们一起聊到了……死亡。

其实我们这一辈人的道德观里，对于死亡的恐惧已经被大大削弱了。毕竟死亡也是一件绝对公平的事情，任何人都没有资格发出半点怨言。

白露说："那些被回收的婴儿都到哪里去了？"

我说："我以前跟你说过一次的。"

白露说："那次我很害怕，没敢仔细听。"

但这个过程的实质就是这样直接而残忍，无论是我还是白露都要面对这个事实。

我说："他们会进入一种生物母液里面，有价值的磷脂和蛋白被脱离出来成为胶囊，可燃的部分会进入焚烧炉……"

我停了下来，因为我隐约听见白露在干呕。

她说："我们死之后，也会被这样处理么？"

我说："很有可能吧。"

尸体当然是资源，浪费是如此可耻。

实际上回收设施的效率也是有限的。据我所知，就算是尸体回收也要限号。部分尸体因为运气不好，在家中死去后没有组织及时回收，他们会在重污染空气里面脱水和碳化，最后僵硬得像是一尊镂空的铜塑。

然后死者的家属们扛着一具具重且薄的干尸，四处寻找回收机构，恳请他们能找个日子把这些化合物丢进熔炉。

我明白白露没法维持像我一样的刻板和冷静，她眼神变得很失落。

她说：“我记得大学课本上学过，曾经有一种叫墓碑的东西，一种刻得规规矩矩的石块。人死了之后，尸体会回归土壤，那石块上会刻下人生中最后的句子。”

我同样记得这东西。但那都是过去式了。活人的生存空间已经被压榨到这个境地，死者就更没有必要得到尊重。富裕的家庭还能花重金申请一下，在地下墓城的巨大方碑里面挤进去一个小小的骨灰盒。像我和白露这样的平凡人家，最后只能变成某个管道里的营养液和涡轮里的余烬。

我说：“而且还有人曾经以刻写石碑为生。他们的字迹工整肃穆，是远比你每天看到的宋体字、黑体字更美的字体。”

她说：“如果要刻碑，你死后想留下什么话啊？”

我犹豫了很久，脑子里浮现出很多想最后留给这个世界的东西。但是都显得太幼稚和苍白，如果真写在墓碑上，只会贻笑大方。

我摇了摇头说：“现在想不出来，估计只有临死前想的才比较精炼。你呢？”

白露挑了挑眉说："要是我，会在墓碑上留一句脏话。"

白露看着我突然笑了，她说："我对这个活着的世界没话说，只想骂人。"

我说："那就骂吧。"

我想去摸她的头，结果被打了一下手。

6

白露睡着了。

她太累了，就这样睡着，反倒像是一种馈赠。

我一个人凝望着渐渐加快的车流，我从没有在长安路走出这么远过。这条路起始于哪儿，又终止于哪儿，我全无答案。

笔直的长路像是没有尽头，重力正在轻描淡写地清扫着街道。我不知道这是不是大栓塞最新的解决方案，但不安从来没有在我心底里褪去过。

栓塞已经持续了十几个小时，我敢保证在这些车之中，肯定有不少已经耗尽了全部的能源。电子滤网熄灭之后，车里就像是一个封闭的毒气室。连挣扎的机会都没有，他们会安静地死在车里。就算发出叫嚷，你也不会穿过空气听到一丝波澜。

无声是他们的葬礼。

在我的车只剩下一小时的能源之后，我的车窗边突然出现一个人影。远离了Z城能见度提高了不少，我终于可以勉强看清旁边的车流，还有那人的衣着。

他穿着橘红色的厚重防化服，面罩显然是最高的过滤强度。他的外套上嵌着不少复杂的仪表，精密的电子线路正在沿着背后的复合电容蔓延开来。胳膊上的银色的管线像是坚韧的藤蔓，他站在大雾中有如一株烧在烈火里的龙葵。

单是这一身衣服，估计就能让一个殷实的家庭倾家荡产。

他敲了敲我的车窗，嘴边的扩音器发出洪亮的声音："莫同先生？"

听到他叫我的名字，我连忙靠了过去。

我大声喊道："你是谁？现在什么情况？"

白露被我的呼喊惊醒，她揉着眼睛，同样费解地打量着车外的情况。

他说："我是回收员903，来负责这一次的大回收过程。有几个问题我要跟您确认一下。"

"大回收？"

我不禁问出声来："什么是大回收？"

他掏出一个临时面罩说："您站出来看一下就会懂了。"

回收员903拉着我站到路边，我轻轻踮起脚尖，看到了一个极为广阔的、橘红色的平台。平台像是漏斗一样向中心倾斜，最中央有一个黑洞洞的偌大深井。十几轮锯齿在井口依次向下排布，发出刺耳的摩擦声。

几条主干道的车流都在缓缓地向漏斗移动，在中心的深井只要半秒，那些形状各异的机车估计就会被揉成废铁。无数的操作人员和叉车正在平台的四周忙碌着，他们像是勤劳的工蜂。

而903，从衣着上看应该也是工蜂的一员。

我感觉全身都在发抖，我喊着："这是在什么地方？"

903说："这是X市的市中心。"

在城市的中心，竟然长着这样一张血盆大口。它藏着带血的獠牙，无时无刻不在贪婪地咀嚼。

而到今天，竟然没有任何人提及此事，没有一个媒体曝光此事。它就像是藏在雾霾里的巨兽，是一处城市中央的暗礁！

我说："这到底是什么东西？"

903说："这是回收平台。生活垃圾会被碾碎，经过五重滤网被分类再利用……"

我楞了一下说："你是说这些车，还有我们这些人活人，都是生活垃圾么？"

如果从这个角度来说，活人倒和垃圾没有什么本质的区别。这些温暖的有机质和水的杂糅，从物质结构上也没有比硅晶体更高级。烧干一个成年人身体的脂肪，大体也就能换来十几斤柴油的光和热。

这估计才是真正的平等。

903说："先生，在这里任何东西都有可能成为垃圾。你们只不过是被均匀分布的概率所选中的而已。"

大栓塞。

我说："我……我懂了。其实每一次发生大栓塞的解决方案，都是直接启用回收平台扫清垃圾。那个牺牲70亿人的污染处理方案，其实已经在悄无声息地进行了。"

903不带感情地说："大栓塞是否触发回收过程要看当天的日期。而且，回收平台也只是回收方案的设计之一。先生，您看得已经够多了。"

我坦然了。

我说："明白了。你先前跟我说有些问题想要问我，那些问题可以说了。"

903问："先生，我想知道，您和您的女伴是否同意使用清理管。"

"清理管？"

我怔了一下，掏出那根黑色的管子说："你说的是这东西么？"

903点点头说："因为被回收平台溶解可能会产生极端的痛苦。但清理管所释放的靶向电流可以瞬间剥夺一个人的意识，尸体会被瓦解为无机盐。"

我苦笑着说："那我们还真算得上是幸运儿。"

903对我行了一个军礼说："你们二位都曾经为X市做出过重要贡献。白露女士在电子元件领域的成就独树一帜。而您，尤其是您……莫同先生，您当年亲自设计的'大陆中枢引擎'已经是……"

"闭嘴！"

903呆呆地转过头来看着我。我失去理智的咆哮之后，浑身都在瑟瑟发抖。

只过了几秒钟，我又恢复了那古井不波的脸庞。我把清理管递给903说：“教我怎么用它。”

903轻轻一按，身上的银色管线发出淡蓝色的脉冲信号，那根黑色管子像是被唤醒一样微微发烫。

903说：“大拇指按住一端，另一端对准人的后颈即可。先生，您确定不需要我的帮助么？极少有人能顺利对自己使用清理管……”

车里的隔音很好，我相信她什么都没听见。

我冷冷地说：“我不是给自己用的。”

7

已经快到午夜了。

回收平台八个方向的探照灯试图刺破这片区域的雾霾，车窗外陷入白茫茫的氤氲之中。

我尝试找了很多话题，绕了很多圈子，最后也没有找到一个合适的借口和机会，在白露身上使用清理管。但是死亡对每个人都是等价的，区别只在于方式。白露没有理由承受那样的痛苦。

我并非懦弱，只是觉得我还有事情要讲给她。

我说："白露，还想听故事吗？"

她点点头，很认真地说："想听。"

我说："在我的大学时代，我曾经有一个构想，能解决两个超级城市的平面交通问题。在先进的磁悬结构之下，利用地热能的催动，大陆级别的旋转或许也可以成为可能。"

我说："X 市的管理团队对这个草案抱有极大的热忱，很快……"

我突然感觉我说不下去了。

白露说："莫同。"

她第一次这样叫我的名字。

我们已经隐约能看见回收平台的巨口了，没人知道这怪兽的会何时进食到饱腹。

她突然攥着我的手，我也是第一次感觉到她掌心的温度。

她哭了。

白露说："这么多年过去了，你我都是有负罪感的人。"

她从我的手心里拿出我藏了许久的清理管，然后转过身去一手扶着我的背。我们两个的额头紧紧贴在一起。

她说："第一眼看到这东西，我就知道发生什么了。因为清理管和回收平台，都是我曾参与设计的作品，所以……"

我能感觉到，她是滚烫的。

她摇下车窗猛吸了一口外面的空气，然后身子向后仰去，把清理管精确地放在预设位置上。

白露的眼泪哗啦啦地淌下来，脸上却强挤着奇怪的笑说："对不起啦……”

“嗤”的一声，她温热的手心连同那黑色的长发一起湮灭了。她身上的香水、额头的温度都像是从未存在过一样。她的衣服空荡荡地落在地上，无声无息地躺着。

尘埃在车厢里弥漫开，她已经在我面前散落成白沙。

8

“莫先生。”

“莫先生！”

903急促的呼声从窗外传来，我刚刚从巨大的震惊中尚未缓和。

他把我拽出车外，然后一边粗重地呼吸一边说：“先生，大回收停止了。”

我嘶哑地喊着：“什么？”

903说：“因为午夜十二点已经过去了，新的一天的准行号是4。我们回收员和所驾驶的一切机器都要被限号准则约束。包括回收平台也要重新设定参数。因此大回收直接停止了，我也要马上离开现场，不然会被视作违例行为而被回收。”

903给我指向一个方向说：“那边有一个员工出口，先生您可以同我们一起撤离平台。”

“哈哈哈……”

我撕心裂肺地，癫狂地笑着。我抓起车里的一把沙子，在回收平台上癫狂地咆哮，跑着。903 回收员很快放弃了劝阻我，整个平台只剩我一个人在欢欣地舞蹈。

我摘下了脸上的面罩，空气直接刺激着我的鼻腔。我感觉鼻子像是针扎般刺痛，眼睛连眼泪都快要流不出了。

我想到了白露说的负罪感，但是负罪感有什么用呢。如果没有我们两个的设计，整个国度可能因此损失百亿人。

我和白露当然不会是元凶，但这 210 亿有智慧的个体，也不会有一个是无辜的。这就是均匀，这就是公正。不会有怜悯，也不会有偏颇。

我依旧在巨型漏斗状的回收平台上狂奔着，工业废尘正在涌向我的血流。很快的我的咆哮越来越微弱，眼前越来越模糊。跌倒又起来，最后爬到平台的倾倒口上张大了嘴巴，但是充血的嗓子说不出话来。

如果这个深井有意识，这个长满锯齿的血盆大口或许会以为我想说什么遗言给他。

不会的。

我只是在声嘶力竭地骂着，试图骂出这辈子最后一句脏话。

我把手心里的白沙撒到地上，意识渐渐模糊了起来。我开始后悔没有和她一起就那样被清理管打扫干净。

我从没想过一副鲜活的身躯会在毫秒间被如此顺利地瓦解，那些珍贵的无机盐肯定会被回收员拿去地下的无土栽培室。

真是伟大。

然后她在为数不多的清澈水面里，再发芽。

013 CHAPTER

星海见

“我们今晚去看星星？”小诺掀起厚重的帘子一角，对着冻得通红的双手哈气。

灯光显得有点昏黄。

“午夜就动身。”他说着一边死死地箍紧钉稿上的绳结，要去看星，身上带的家伙不能有一点闪失。

这男人名叫杨诚，痴狂于在通讯平台上分享他的星空。

当小诺第一次看到星云像是在夜幕里肆意挥霍的水墨一样绚烂时，她就下定决心要来见杨诚一面。她整整发了两个月的邮件，做了不知道多少工作，才得到一个从生态舱里面跑出来的机会。

杨诚把镐头重重地在冰岩上磕了几下，确认装备没有问题之后，回头才看见女孩兴奋不已地绕着煤油灯转来转去。

他轻叹一声说：“小诺，你说你图个啥呢。女孩子家的，从生态舱里跑出来，在没有隧道的地方爬了两星期来我这儿，就为了看一次星星？”

小诺说：“要不是你总是在通讯平台上发一些星空的图像，我也不会被诱惑过来看星星。”

杨诚微微扬了嘴角。

船队十一年前着陆到这颗大气混浊，却富含液态水、核燃料和有色金属的星球后，人们便再也无缘整个星空。巨大的隧道像是叶脉一般在星球上蔓延，将大陆架贯穿。

隧道就像人类的动脉，承载着至关重要的电力和水源，还有不可或缺的通讯信号。但对这颗没有原住民的星球来说，只是一道能将它吸到枯萎的流水线。

而她知道，流浪的船队还要在这个星球继续停驻十九年，直到把它榨干。

杨诚凝视着小诺的眼睛，摇摇头说：“我到现在都不知道，你是怎么过来的。隧道的无线电力包络只有五公里，那是机车最远的活动范围。你一个女孩子，依靠步行怎么可能走出八十公里？”

小诺指了指那煤油灯说：“你都有这种好东西，应该明白我坐的什么车啊？”

杨诚愣了一下，只见小诺从腰间掏出一个略显老旧的金属物品。

这东西现在已经没多少人认得了，但小诺明白，很久以前，这个东西叫做车钥匙。

“这是汽车的钥匙？”杨诚未敢确信地问。

小诺说：“当然，是从我哥哥那里拿来的。”

杨诚甩给小诺一副脏兮兮的手套说：“这东西可不好弄。化石燃料的汽车估计比他妈二十千克浓缩铀还金贵，你哥哥有点来头。”

小诺说：“他就是个管仓库的。”

杨诚笑笑说：“物资储备管控可没你这小丫头说的这么低贱，是个好行当。哪像这破观察点，就他妈我一个废人干着脏活累活。就可惜隧道里的监测器看不到铅化云上方的东西。这几年的星星……”

小诺麻利地套上手套，打断了他说：“知道啦。我们到底什么时候走？”

杨诚用指节叩了一下墙上挂表的表盘说：“十二点了，差不多了。”

小诺微微一笑，这屋里金贵的东西也不少，光是这锂电池动力的机械表，就已经不逊色于她那辆燃气车了。

两人从被改造的旧生态舱出来，夜幕里唯一的光芒是数组在冰崖上固定的探照灯。

灯光显得有几分刺眼，淡银色的光尘随着碎雪刷刷地打在死寂的冰层上。光尘显得远比普通的雪更要炫目和光彩动人。但小诺知道，这是开掘产生的，掺杂着重金属的工业尘和当地大气凝聚的结晶。这里的光尘浓度很低，尚且没有危险。而在地面的光尘，只要吸入三分钟就能摧毁一个人的肝脏。

杨诚做了一个手势，小诺急忙像他一样把头盔戴好。

“虽然这里浓度低，但还是护着点保险。”杨诚把结实的一捆绳穿过自己腰间的绳扣，镐头稳稳地卡在冰岩上。

观察点依凭在一处断崖的中腹。深蓝的冰层把晶莹的角岩完整地包裹着，杨诚说十一年前这里还是一处山岭，隧道引发的地质剧变在这里形成了断崖。

两个渺小的人影在几乎垂直的无际冰层上攀爬着，不知过了多久，云层已经快被他们落在后面。

灰褐色的云朵凝固在空气里，在灯光下泛起厚重的金属光泽。

“呼……你在看云？”杨诚喘了口粗气问。

“是啊。虽然我明知道是用重金属包裹的氢和氨。”小诺紧跟着杨诚的动作一步步地扣着冰镐。

“这里的事儿都这样，你要是不细想，还真他妈觉得挺好看的。”杨诚说，“你第一次用冰镐，蛮熟练的。”

小诺说：“哥哥曾经拿给我看过这东西。”

杨诚甩了甩手套上的碎雪，没说话。

小诺看了看手中的冰镐。数百年前，有个叫罗尔德·亚孟森的男人用近乎相同的工具到达了他所在的星球最冷的地方。

南极点。

这是旧人给那个地方的名字。即便在当时，那里算得上分外凶险，但在夜里亚孟森躺下的时候，还是能轻而易举地看见整片夜空的星辰。

而她却要为此翻越整个冰崖。

小诺隐约看见上方微微发亮。铅化云已经在她的脚下，她距离夜空只剩一层薄纱般浅淡的雾霭。

杨诚低声说："到了。"

山顶的空气相当的干净，小诺把头盔摘了下来，让视野更加的开阔。一片璀璨的星幕正垂在漆黑的夜景之中，湛蓝的星河勾勒在几层星芒之上。

"这就是星星……"小诺忍不住要战栗。无边无际的星海将她环绕着，夜空没有一颗星辰是暗淡的。

夜空有如同嵌满了钻石的挂毯。

小诺已经没法用干瘪的语言形容眼前的星空。杨诚看着痴醉在景色里的小诺，突然坐到冰岩上说："小诺。咳……"

小诺连忙俯下身拍着杨诚后背问："你没事吧……"

杨诚摆摆手笑了笑说："老毛病了，跟你哥哥那一辈人差不多。"

小诺听罢一愣。

平日里吸入的光尘会在血液里沉淀。就像雨水积年累月地锈蚀着钢骨，光尘杀死一个人从来不是摧枯拉朽的。随着时间的推移，一个人的动脉和静脉就会像铅化云一样凝结，直到把整个人铸成一块黑碳。

杨诚说：“没事没事。”

杨诚吃力地把左手的手套摘下来。他左手抚摸着光洁的冰岩，指着天幕的一角说：“看见两道亮蓝色了么？”

小诺点了点头。

杨诚说：“那是高速彗星带，两年前的时候还没这么漂亮。”

小诺抬起眼帘，眉头微微皱着说：“两年前……彗星带还没这么近么？”

虽然没有明说，但答案显然是肯定的。

“你应该把这个事通知隧道里的人……”

小诺还没说完，就被杨诚打断了。

杨诚说：“没人信。”

他苦笑一下，抓起一把碎雪接着说：“他们不愿意信。不下两千封邮件，没有一个回答。这里离隧道几十公里，没有无线电力网络，每三年才会有人来运输一次物资。我把消息发给所有我能发到的人，包括你的哥哥。”

“没人信。”

小诺平复着剧烈的呼吸问：“还有多久？”

杨诚说："高速彗星带离这颗星球最多还有一个月的时间。从现在开始准备撤离平民，收回所有开掘器械，还来得及。"

铅化云发出不安宁的响声，表层浮现出隐隐的划痕，就像微微开裂的铅色蛋壳。

他们附近的云朵的金属光泽在褪色。

杨诚重重地咳嗽，焦黑的血渍浮现在手套上。

小诺艰难地看着杨诚说："我会把星空的事情告诉我哥哥的，你要撑住啊！"

小诺低声说："你骗了我，你发那些照片不是因为热爱这片星空，而是……"

杨诚摇摇头，笑着说："我没骗你，起码没完全骗你。"

他们从绳索上飞速地滑下，因为结构失衡而坍缩的铅化云正在他们面前凋零，光尘从里面弥漫出来。

像一道流虹。

014 CHAPTER

正常游戏世界

1

老葛说，他是这服务器里，最敬业的 NPC。

这句话从还在上小学六年级的他嘴里说出来的时候，我是不相信的。那时候他应该叫小葛，眼神天真无邪，也不喜欢叼烟。

这话足够惊世骇俗，影响力深远到几十年，少年的癫狂幻想也从小学延续到了现在。

没有老葛的我，将会是一个生活普通到无以复加的人。不能因为我的童年玩伴有些现在看来不可理喻的疯言疯语，就放弃正常的现实生活。

要吃饭睡觉，要践行活着这件具有伟大哲学意义的事。

老葛自然不一样。没了我，他只会更癫狂。他今年三十，相貌就成熟到可以跟公园里遛鸟的老大爷称兄道弟。

他不大喜欢跟人打交道。

每次见他时，他都跟以往一样，叼着一根没点着的烟，在自己的袖珍笔记本上写写画画。

而且满嘴跑高铁，与我打招呼第一句话一般都是——

“欢迎回来，勇士。”

这次他约我吃晚饭，依旧是——

“欢迎回来，勇士。”

我说：“行了，小点声喊着，叫了十几年了，怪累的。”

老葛穿着一件画着黑色大漩涡的衬衫，如果不算上远处那个一身银光发亮的姑娘，他绝对是整个街上穿得最惊奇的人。

他对此毫不在意，一脸不屑地转过头去，接着在自己的小本本上写画。

他说：“我说什么来着，代入感。我要不这么跟你说，你还能认为我是 NPC 么？”

我说：“我知道代入感，我没不让你说啊。我让声音小点。再说谁是勇士啊，我一点也不勇。”

不知为何，此时此刻我对不勇敢这件事颇有自豪感。

老葛把世界当游戏玩，而且很满足于自己NPC的定位。他从小学起盯上我的理由是，他认为我是所有玩家里面，唯一一个系统编外的玩家。就好像一个没有注册就已经登陆的QQ号一样。

就好像我尚未出生，就已经存在一样。

他时时见了我，便忍不住啧啧称奇道："厉害厉害，这数据库里没你呀。你是哪来的呢？"

我就会给他胸口一锤说："爹生娘养先生教的。"

只是他虽然是NPC，但还是免不了要吃喝拉撒睡。否则也不会现在坐在我对面一边往碟子里大份大份地抖落辣椒粉和孜然，一边架起两块肥牛在上面肆意地蘸。

我看他吃相可怖，像是饿了好几天，也不忍心打断他。等到他把那一大块牛肉卷咽到肚子里，又咕咚咕咚喝了几口冰镇啤酒，才腾出问话的时机说："老葛，别光顾着吃啊，叫我出来干吗的？"

他夹肉的手停了一下，不过很快地还是把肉卷腾到自己的盘子里。老葛拿纸巾抹了抹嘴说："出了点事情，麻烦还不小。北大街有个玩家，本来职业是乞丐，做着'乞讨'这个每日任务。貌似是找到了任务的bug，能让三条街的行人都跑过来给他们送钱，看上去还完全是自发自愿。"

他说："任务本来是这样的。他在那儿拿个罐子讨钱，有十几个路人会领'给他们钱'这个主线。最后他一天的收益总是稳定的。但现在变了，这个混崽子好像找到了窍门，先在自己讨钱的罐子里面放了个几十张百元钞，一到晚上，系统的收益结算就会出岔子。"

我有点想笑，说："搞了半天，就因为他们在一个破罐子里放了几千块？"

老葛从烟盒里抽出来一根烟夹手里说："意思是这么个意思，但情况比这个复杂多了。他这么一弄，数值系统崩溃了，系统不得已要叫几万号人来给他送钱，估计这三崽子也没想到，他们现在被人围个里三层外三层，闷也闷死了。"

我笑着问："不会这次又是只有我能处理吧？"

老葛点点头说："这事儿，别人摆不平。"

2

印象里，从小到大老葛说只有我能摆平的麻烦事应该不下一千件。好像是多烫手的山芋传到我眼前，我也能心狠手辣地给一口吞了。但实际上到最后，我做的都是小到不能再小的事情。

我跟老葛结缘，一开始也只是好奇他惊为天人的世界观。

小学时，我们两个在最后一排，在窗口吹着夏日午后令人困倦的凉风。他突然指着门口说："浩子，你看着，过一会儿副班就从那儿走过来，然后转过身问你要一块橡皮。"

过一会儿，扎着醒目的紫皮套，留着柔顺的单马尾的副班就从门口走过来，真的问我借了一块橡皮。

我问：“你是咋猜的呢？”

小葛说：“不用猜。那是她的主线任务，她肯定要来做的。”

我指着他笑：“你个智障，游戏打多了？还主线任务，那她就是不做这个啥任务，又能咋地？”

小葛说：“不可能的。主线任务并不是什么实质上可以选择的东西，那是系统给你规划和安排好的，必须完成和实现的一件事。你根本就不会意识到你做了任务，但实际上已经做完了。”

他指了指那单马尾说：“就好像，副班那小丫头今早吃的俩包子可能就是任务，但是她还会以为是自己想吃包子。任务是写在常识里的一部分，没有人可以察觉。”

我听得云里雾里，根本弄不清头绪，过了好一会才问：“行行行，你啥都能扯一通。我就问你，我也有任务要做？”

小葛不言不语也不声张，忙着在自己纸页发黄的本子上记着什么。他说：“浩子，你没有主线，是因为你根本就不是注册玩家。你还小，你现在还不懂。”

那时的他看上去，撑破天也就能比我大个两三岁。所以当他说出“你还小”这三个字的瞬间，我理所应当地认为他是在故弄玄虚装深沉，这很自然，从小学六年级到初三的这几年的时间里正是中二病发作的高峰期。

但小葛的老成我当时还是承认的，因为他长得稍稍显老，说话做事也有几分老派，况且在小学生里，带着烟的应该只有他一个。

带烟跟抽烟是两码事，他身上永远有两三盒烟，偶尔会抽出一根在两指间夹着，却从来不抽。

我真正认同老葛身份时，他两指正夹着一根烟。

那是在初二放学，我们俩人还在回家的路上，一条不算宽敞的下坡路。两侧还是老式的糯米墙，这是军医院搬迁后留下的废楼。在柳荫遮蔽出的细碎阳光下，连鸟鸣都静了下来。

老葛突然把烟头一掐。

他皱着眉说："坏了。出 bug 了。"

我问："啥？"

我哪里能反应过来这个，我根本想不到的是：这是现实而不是网游，一条回家的下坡路上到底能发生什么算是出 bug 了？

他说："交通任务有 bug，你往后撤一撤，贴着墙别动。"

下一刻，我突然听见哗啦啦如海浪一般涌上来的响声，车轮碾过沥青，车链在齿轮间咬合的声响。那路的上方压迫着一层厚重的音瀑，细细听来，像是有无数自行车在骑行。

我有点慌张，老葛按着我不让我乱动，他说："要来了！"

大概上万辆自行车，涂抹着各式各样纷乱的漆彩，从上方如急湍倾泻而下，像一道奔涌的山洪与老葛的肩膀擦过。那些车的速度太快，在我眼里都拉扯成长且凌乱的残影。我根本无暇分辨任何一辆车，他们是合而为一的激流，耳边只有车轮旋过的转响，交织成隆隆的声幕。

自行车的车流大概持续了快有五分钟，最后变成稀疏的涓涓细流，只有零星的几辆车还在骑行。等到最后一辆车骑过的时候，我总算看清了前面那些骑车人，全都穿着单色的运动服，那上面干干净净，没有半点杂色。

那车的主人突然在我俩面前停了下来。他的头盔很怪异，我看不清他的脸。这人的身材远比前面的那些人纤弱和矮小，穿的衣服却是闪闪发亮。他站立的时候，如同一根扎稳了的稻草被锡纸裹着。他下车，把自行车支住。然后向我鞠了个躬，嘴里轻轻嘀咕了一句："送你了，一定要骑啊。"然后自己转身走了下去。

我有点发懵，只得问老葛："现在什么情况？"

老葛在笔记本上记了什么东西，然后答说："系统给遭遇 bug 的玩家的补偿，骑着吧。"

但鉴于我低劣的运动神经，我尚且不会骑自行车。最后只好变成老葛骑着自行车驮着我回去。我在路上一脸茫然，不单单是搞不懂为什么平日里连婴儿车都没见推过的放学路，会突然间不合逻辑地出现自行车海。我更对老葛的身份将信将疑。

我说："老葛，这系统补偿总归有点不一样吧？要就是一辆平平凡凡的自行车，那还有啥用？"

老葛一拍车把说："当然不一样，这车快啊。"

我问："有多快？"

老葛说："起码比走着快吧。"

3

街角小小的书刊亭有时能聚上几百号人，乡下僻静的小路开过一队银光锃亮的豪车。校门前会有一辆重卡卸下几排大箱子，拆开全都是冻得结实的冰棒。

怪事总会频频出现在我的身边，更严重的一次，高中的教学楼外墙突然出现了上百名刷漆工，开始给外墙涂上五颜六色的迷彩。不知从何而来的刷漆工，拎着刷子和漆桶在楼顶鱼跃而出。他们像是训练有素的集团军，刷漆的动作整齐划一。我和老葛眼看着画幕一点点从外墙降下来，竟然没有任何一个人觉得奇怪。所有人好像都能预料到这个情况，所有人都在说："这很正常啊。"

没人会在意，这些人到底是哪里来的，又在哪里消失。

老葛问我："觉得奇怪么？"

我说："奇怪，当然奇怪。"

老葛说："所以说只有你是不同的，你周围的所有其他人，都习以为常。"

这些反常到底因何而起，又缘何消失，我全然不知。

老葛说，这跟玩游戏的时候出现各种哭笑不得的漏洞一样。所有的怪事，都是系统尚不完善的结果。正因为这种不完善，他才会应运而生。

我问："系统出错，就能在房顶上弄出几百名刷漆工？"

老葛说："能。我还见过在澡堂子里通过两列高铁。"

反正这些事情只要有我和老葛出面，很快就会最终得到了结，即便我什么都没做。

我那时问他说：“这世界上，NPC 到底是干啥的？”

他说：“引导玩家做任务，必要的时候修改他们的任务描述。哦，有时候还负责修 bug。”

我说：“那你自己都办了不就成了，还用每次都扯上我？”

老葛的说法都差不多，他的意思大概就是：“有些事儿，别人办不了。”

我不知道自己究竟参与了什么，但还是愿意相信老葛，即便他平日里就是个游手好闲的吃货。

等到现在，他把一锅东西都风卷残云地扫了个干净，差点把火锅底料都端起来喝掉时，他终于没那么饿了。

我也终是找到了下一个问话的时机问道：“那好，咱们什么时候去把这三混混的 bug 给清了。”

说完，周遭食客纷纷起身，就连收银员和服务生全都一起穿着制服出去。我抬头一看，街上已人头攒动，拥挤得像是棋罐里满当当的黑棋子。人群正在缓缓地向远处的十字路口聚集，神情茫然又呆滞。

我惊得呆住，这些年来什么奇事怪事也都算见过，但是动辄这么多人莫名其妙地走出门去，搞到街上水泄不通，还真是第一次。

老葛在笔记上记了记，起身说：“扩大了，扩到八条街了。”

窗外的景象显得尤为诡异，每一个门口都在打开，每一条街道都在堵塞，人们面无表情地走向看不到尽头的这街口。更有无数的人从窗沿，排水管道上跳下来。四方来往的人海，是网孔细密的大网，死死地箍住了这几条街。

越来越多的人加入到外面的队伍之中，有如朝圣。

他们都像是最虔诚的信徒，一步一步三拜九叩首，双膝磨在砂土和砖石上，磕到留下血痕。

我问：“他们这是要给三个小混混送钱？”

老葛脸上的喜怒哀乐实在是太浅了，就算有天大的事情，他不哭也不笑，顶多把那根没抽半点的烟头一拧说：“嗯。”

这次他又把烟头一掐说：“嗯。”

他接着说：“差不多，只是这次捅的娄子比较大，折腾了上万号人。在这帮人眼里，现在这种做法是很正常的。其实他妈的正常不正常都是人定的，你认为吃馒头正常，吃观音土不正常，那也只是你认为。系统随便修个任务描述，这帮人就能吃观音土吃到天荒地老。”

我问：“现在咋办，这帮人受了控制，都发了邪疯了。”

老葛把本子一合说：“他们可不是受了控制。他们还算是自由的，只不过在做自己认为对的事。就好像生下来为啥要吃奶，在学校为啥要读书，为啥不能不穿衣服躺公交里给人家踩。因为那都是常识。现在这事儿就是他们常识的一部分。对，就是跟个白痴一样上街走，现在在他们眼里是常识。”

老葛一指街上的一个反其道而行的姑娘说：“你看见那姑娘没

有，她就不听这个的。这说明啥，说明她天生就是不按照大众常识办事儿的人。”

那姑娘穿着一身挂着破易拉罐的，闪着灼目银光的奇装异服。我们两个吃饭前早就看到了她，没想到竟一直在街上徘徊。她在人群中本就显得不凡，也是这行人之中唯一反向而行的一个，更让人无法忽视。

我一听老葛说完，连忙跟着他一起挤进人群里。我们两个不约而同地都想去认识这姑娘。人群里的空气闷热又浑浊，我被挤得大汗淋漓，感觉要被窒息。老葛却像是轻车熟路一般，在密密麻麻的人堆里走得游刃有余。

最后，我终于还是迟了几步，看见老葛正在拐角的巷子里跟那女孩搭讪。我还正费解为什么一个 NPC 遇见这么大麻烦还是有闲情雅致去勾搭街角的姑娘，他突然拍了拍姑娘的肩膀，然后转过身来继续在本子上记东西。

天色沉了下来，墨色从天边的一角渐渐浸染，把整片天幕都打暗。眼看着就要落雨了，我问老葛：“一会儿要下雨了，有什么话快问。”

老葛没抬头，他说：“我问完了，我就问问这丫头是不是 NPC。要是 NPC，还能多个帮手。现在看来不是。”

我说：“扯淡，是不是 NPC，你还不知道？”

老葛说：“我当然不知道，我的活动区域就在这城里，城外来的 NPC 我一个也认不得。”

那女孩像是听见什么连忙凑过来问：“要吃火耗子么？”

女孩眨着明亮的眸子，一脸天真地看我。

火耗子？我是不是在哪里听过？

身后一大票人的脚步发闷，鼓点一般震得我不安宁，我看着女孩的眼神，好像回到了小学那个阳光安逸的下午，看见了那个扎着单马尾的小丫头。

我没见过这个女孩，但我觉得见过像她一样的女孩。在哪个座位上、哪个靠着花盆的墙角、哪个能闻到橡皮香味，听见操场上毽子的踢响的地方，我见过这样的女孩。

我用胳膊肘轻轻推了一下老葛，小声嘀咕问他：“老葛，火耗子是啥？”

老葛神色有点异样，他猛地抬头说：“谁他妈能知道？”

4

女孩根本不知道自己叫啥，而且说话多少有点搭错线的神经质。问了半天，才在她细碎的答案里面，好说歹说地找出“小慕”两个字，应该算是名字。

小慕逆着人群走，没准儿是去找火耗子吃的。火耗子，大概就是火鼠，没准儿跟神话里面的烛龙火鼠之类的有点关系。但是她说她包里有一摞火耗子，我和老葛却都看不见包里有任何除了空气以外的东西。

我说："老葛，这下完了。她能看见，咱俩看不见，这怎么沟通？"

老葛说："她的常识本来就跟别的玩家不一样，这正常。再说谁也没让你跟人家沟通啊。"

我反应过来了，不能再跟小慕牵扯浪费更多的时间了。估计街口那里已经叠罗汉一般堆了几层人山，再让人群这样聚过来早晚要出大事。

小慕看上去也就十六七岁的样子，这个年纪有点不合常识的绮丽幻想，也算正常。她整个人也的确散发着一种有回忆感的味道，来自我童年记忆里的蛋糕、汽水和草稿纸的那种感觉。

我也拍了拍小慕的肩膀说："小丫头，我们先走了。"

小慕指着人群流动的方向说："火耗子从那里跑掉了。"

可火耗子到底是什么？我还是没从任何人身上得到任何有价值的答案。

我还没来得及问其他的话，老葛就抓着我顺着人群跑了过去，就像摩西把大海一分为二一般，人群为他辟出一条通途。

而我没想到的是，小慕就在我身后，跟着我跑着，身上的易拉罐甩得咣咣作响。要是没有老葛我肯定认为小慕是个病入膏肓的精神类疾病患者，但是现在，她的怪异言行反而让我觉得她是唯一的正常人。

哪怕我认为她是正常人，也不想把她一个姑娘牵扯进这件事里。

我拍了下还在跑着的老葛，对他说："小慕跟过来了。"

老葛只是点了点头答："没事儿，让她跟着吧。"

人群是一块幕布遮在街道上，我们三人在其中开出一片空地，是这块黑漆漆的幕布上一块流动的孔洞。

老葛一边跑着，一边还不忘介绍着这次要解决的篓子。

"罐子里的钱引发了送钱者的反常。现在更乱了，系统判定需要给这个要饭的来送钱的人越来越多，里面的人送了钱又挤着出不来。这么一闹腾，倒像是滚雪球。几万号人团成一坨砸在市中心，整座城直接报废了。"

我说："咱找到那罐子，就算成了是吧？"

老葛轻轻叹了一声说："麻烦就在这儿，我怕是死活找不到这罐子。那乞丐到现在也没个动静，我猜八成不是吓昏过去就是被闷晕了。"

在挤得最厉害的中心处，已经到了人摞人的地步。人塔在最中央已经叠了三四层，厚实到密不透风。要是里面真蹲了个人，估计被闷昏过去的可能性还是不小的。人群摞出来的铜墙铁壁，连老葛好像也没能力分开他们，那是由人相互铆合和支撑的一处天井。

人塔是盘踞在电线杆和空调外机上的，这些位置脆弱又危险，是整个引链上极薄的一环。然而他们根本不顾自己的安危，心安理得地就那样盘错着。人与人手环手，肩并肩，井井有条地并合在一起，连光也没透射出一星半点。

我急火一下就上来了，喊道："这哪行？这帮人因为这个破钱罐子，连命都不要了。”

老葛把我一拦说：“你毛躁什么，这是着急的事儿么。罐子就在这堆人里面，你看没看见这人塔密得跟五层大箩筐似的，他们任务下得太死了，我搬不动他们。前面有个露出来的小缝，看见没？”

我定眼一瞧，有两个人的腰间的确漏出不算窄的一条缝，但我用力掰了掰，还是没能撼动分毫，人塔禁锢得就如同一座铁山。

我说：“这不行，咱俩大老爷们钻不进去，得让小慕进去。”

老葛说：“你可算找着门路了。而且小慕得把衣服脱了，要不然她那一堆易拉罐太碍事了，钻不进去。”

我说：“懂。只要小慕钻进去给那罐子摔个稀巴烂，事情就结了。”

随后我花了五分钟的时间给小慕解释她应该干的任务，以及为什么要脱衣服。但后来我发现那是徒劳的，其实我只要告诉她“脱衣服”和“钻洞”这两件事，她就能毫无心理阻碍，满心欢喜地去做。她像是那种容易满足的孩子，只是给了她一块积木，就能欢悦到像是接受了多么贵重的赠礼。

因为她不讲常识嘛，我习惯了。

她的动作干净又利落，雪白的肌肤霎时间从那银光闪闪的外衣里显露出来，娇嫩到吹弹可破。

我跟老葛立马背过身去，不再看这位已经脱了上衣的女孩。虽然我们看不看她对她来说是无所谓的，但是起码我跨越不了这道心理鸿沟。

老葛问着：“小慕，找到罐子了么？”

我能想象着小慕趴在地上，在浑浊又僵死的空气里，匍匐着摸索一个破罐。过了许久，她终于有了回应。

她说：“找到了！”

我脑子里突然电光火石的反应过来，全身倏然间一个激灵。我突然意识到了一些至关重要的东西，连忙看向老葛问：“老葛，如果现在把那罐子摔烂，这人塔会不会垮掉？”

老葛没理我，而是斩钉截铁地说：“摔了它！”

人塔里面，应声传来发闷的裂响。

人海尽皆停住了脚步。永不止息的，如同作为背景音的脚步声突然在此刻哑火了。

静谧之后是轰然巨响。

三层楼高的人塔转瞬之间坍倒，最顶层的几个人扯着变压器的引线下来，火花噼啪的如雨一般从上面泻下来。密密又麻麻的人墙，披着各式颜色的衣物，像打翻的色盘，层叠地密布在那个街口。

一层一层地倒下，一层一层地垮掉。

土崩瓦解。

对他们来说，堂而皇之地盘踞在这个街口，然后顺理成章地围成几道人墙人塔，最终又在这个时刻轰然塌掉。这种情况，都是自然和常识。

5

小慕很幸运，她没有受太重的伤。因为机缘巧合，最底层的那些人之中，有一个大汉用了自己柔软而滚圆的腹部当了她的缓冲。她后背像是陷进软床，只是脚踝擦破了点皮，没有大碍。

喜欢不通知我而率先行动是老葛的习惯之一，我也知道这是当时情况下唯一合理的选择。

所以我不怪他。

那几万号人最后都各自散去，是沙盘上悉数抖落的砂砾。他们应是回到了自己原本的岗位。沿着既定的，完美无瑕的路线。虽然我不得而知，他们所谓的岗位到底是发自内心而为之，还是依旧是系统某个自然而然，分配给他们的主线或支线任务。

而那次事件之后，老葛在我面前出现的次数，就越来越少了。

我不知道原因，但肯定不是因为愧疚。因为老葛这个人是不会计较后果的，他对小慕肯定也没任何的感情。从小到大，他把自己的工作看得比什么都重。之所以他选择亲近我，有求于我，也完全是因为我是所谓的"编外玩家"，在他眼里如此的与众不同。

"让世界正常。"这是老葛用一句来形容他的工作的话。

不正常的时候，他就出面。正常的时候，他也在工作，但我无从得知工作的内容。没准儿他早上偷偷地捡起地上的口香糖纸，也是帮助其他玩家完成的主线任务的一部分。

他是二十四小时轮轴工作的机床，加工的是整个城市的秩序。

老葛渐渐从我的世界里淡出，我怎么也联系不到这个曾经与我分外亲密的怪异男人。

而今天，老葛突然打电话给我说。

“浩子，出来见一面。”

我应邀前往，隐约间觉得像是有什么要紧事藏在他故作和缓的字句之间。

他一定要说什么的，他绝对不会是那种无缘无故消失，无缘无故离去的人。老葛这个人，做任何事都有极强的目的性，且一定会有始有终。

见到他时，他还是穿着那件画着黑色漩涡的衬衫。不同的是，跟了他几十年的笔记本敞开在他手里，里面夹着一支烟。他坐在一辆我有点眼熟的老旧自行车的后座上，眼神里什么都没剩下。

老葛的声音很浑浊，他说：“浩子，几个月前那件事完了之后，上头对我很不满意。我要被调职到其他区域了。”

我大概能猜到的，之前万人送钱事件里，造成了太多的事故和伤亡。他是秩序的标尺，却没能丈量出秩序的轮廓。

老葛沉声说：“这几个月我一直在想，到底什么才是自由。你想想看，街上每个人都觉得自己是自由的。去银行、去饭店、去超市。开车的、教书的、擦窗户的、贴瓷砖的、哪个人都觉得过得还挺饱满。可一个一个我都看得真切，哪个都是系统发的任务。他们按部就班地完成职责，却浑然不知都沿着铁轨狂跑。”

我明白的。

自由是很难定义的东西。玩家认为自己的人生充斥着无尽的选择，但其实他们的每一条路都是常识规划的图纸。他们在预定的蓝图上添砖加瓦，还以为是自己匠心独运的旷世杰作。

老葛拿起那根烟说："浩子，你知道成为 NPC 的条件么？"

我摇摇头。我当然不得而知，我认为玩家就是玩家，NPC 就是 NPC，两者之间泾渭分明，不会互相有任何的掺杂。

他说："就是反常。你做出一件你认为自己常识里肯定不会做的事情，你就是 NPC 了。比如我生下来脑子里就仿佛有个声音在告诉我我应该是个烟民，但我到今天，还没抽过一根烟。我全靠自己克服了这个瘾，我就能看到比别人更多的东西。"

反常就是 NPC？我呆住了。如果这样说来，那小慕一定早就已经是 NPC 了，而我这样的也能成为 NPC 么？又有哪件事是我心底里认定我一定不会做的呢？

打破常规？开发潜能？这太扯了，要是达到老葛所说的条件，相当于一个人战胜了内心本质的东西。

谁会比自己更强大？

老葛指着自己的笔记说："几十年来，我把所有反常的时间地点和简要信息，全记这破本子上了。我就送你了，将来没准儿对你的工作能有点帮助。"

不可能的，老葛珍视自己这个笔记本大过一切，这是跟他整个灵魂链接在一起的文字，他绝对没有理由放弃的。

我问："等下，老葛，什么我的工作？"

他说："上面认为你会是一个好的 NPC，你来接替我。"

可我是根本还没注册的编外玩家啊。

他拍了拍那辆自行车的车把说："记得这辆车么？这是你初中，系统补偿你的车。因为你不骑车，我还屁颠屁颠给你留到现在。这世界太玄了，我弄不懂，你将来有一天一定能弄懂的。"

我看到那车，记忆一下子回到了那条窄窄的下坡路，灰色的糯米墙挤压着我的视野，车海从上面狂躁地冲击下来。

耳边仿佛听见了无数车轴转动，引发的无穷乐章。

等我回过神来，老葛已经走了，跟了他几十年的本子还静静躺在我的车筐里，像是街边的传单一样不起眼。

6

老葛离去之后，我的生活重心渐渐就从他转移到了小慕身上。

准确地说，是小慕转移到了我身上。她像是黏着我不走一样，跟我讨雪糕吃，问我要银光闪闪的易拉罐，还喜欢在我的毛毯里打滚。

跟小慕的相处要更伤神一点。

因为我发现，还有好多东西需要教她。

小慕是个干净又明亮的女孩，但是心智像是不健全一般。不单单是童心未泯的级别，也不能用幼稚形容。如果思维奇诡算是一种疾病，小慕肯定病入膏肓。

她害怕木质品，喜欢所有银光闪闪的东西，尤其是易拉罐。她认为火耗子有可能藏在易拉罐里面，木头会害死火耗子。

她的世界观和思维怕是比老葛要更有趣，也更加反常。不过自幼经历了这么多以后，我已经习惯了所谓的反常。她总归要比几万号人去给一个破罐子投钱听起来舒坦多了。

小慕对她的父母绝口不提，也从未提及过任何关于她的家庭的事。她简称自己是从易拉罐里面生出来的，而我对此没有丝毫反驳的办法。

奇怪的是，小慕没有家庭，不工作也无需上学，可是到现在却没有饿死冻死，依旧活蹦乱跳还能跟我闲聊，活得像一颗仙人球拍在土上，只靠天养。但她又不是真的仙人球，能不吃不喝。真轮到吃东西的时候，跟老葛一样欢脱。

她通常会出现在我的生活里，偶尔会不辞而别消失不见两三天，怎么也找不到她。但是她还是会健健康康，白白净净地回到我的视线之内，只不过衣服上又多挂了几个易拉罐而已。

我问她：“小慕，这几天都去哪里了？”

她每次的回答都是一样的，无论是这一次，还是下一次，她都会说：“去找火耗子了。”

那个按照她的想象，烧成一团火球，圆滚滚地在地上跑着的老鼠，就是她一直在说的火耗子，即便我一次都没有见到过。

我从老葛那里接过的自行车一次也没有骑过，我把它丢在储物间里面，弃之不顾，让它吃了灰。

等到有一天我偶然想起，于心不忍，还是拖到了楼下的院子里，擦拭了一下。

小慕正扛着装满瓶瓶罐罐的麻袋从外面走回来，她看到我的车子，像是转瞬之间就褪去了自己一身的稚气。

她变了个人一般，过来轻轻抚着车把。

她看着车筐里的笔记本说："车里的笔记本是那位衬衫先生的东西么？"

小慕原来把老葛叫做衬衫先生，我点点头说："是的。他叫老葛。"

她拾起笔记本说："他连笔记本都不要了，看来已经意识到什么了吧。"

小慕的话跟我的疑虑相吻合，笔记是他最珍重的东西，他连这个都送给我，又能说明什么？

笔记跟了他几十年，他连脱手的时间都极少，又怎么可能送人呢？

她说："老葛一直认为自己是 NPC，实际上他还是个玩家。我一眼就能看见他的主线任务，是'纠正其他玩家的过度行为'。"

我听得阵阵发抖。

小慕的声音是一根刺。

她接着说道："老葛认为自己是自由的，他纠正所有反常，逆转所有错误。但那不过是系统为他安排的，藏在他的思绪之下的主线。'纠正反常'，是他的常识。"

常识之上，依旧是常识。秩序之外，仍然是秩序。

我的震惊让我的声音发颤，规则的重压让我窒息，我艰难地问小慕："你是谁，你又为什么来告诉我这些？"

她说："你还记得么？这是我送你的车。"

我木然。

那个闷热的夏日午后，树荫之下的骑行者，车海的尾巴，纤弱得像一根稻草的人。

是她啊。

为什么是她呢？就算是她又怎么样呢？

我问："难道，我从小到大经历的那么多反常，都是你一手造成的？"

小慕没有说话，她反问我："想知道火耗子是什么么？"

我点点头。

她说："火耗子是任务的向标，当每个人进行他的任务时，火耗子就会出现在他准备走的路线上。"

我说："可我从来没见过。"

她说："因为你还被常识束缚着。我努力了那么多次，你还是在被常识束缚着。"

她把那辆自行车扶正说："你从小到大，没有骑过自行车吧。"

我点头。

她说："老葛违背了他吸烟的主线成为了更高阶的玩家，现在，轮到你了。"

我呆滞地骑上了那辆老旧到不行的自行车，放空了我的全部思绪在骑行着。

我根本没骑过车子的，我本应该不会骑车的。

我什么都没想，却感觉自己像风一样快。小慕被我远远地甩在后面，地面上突然出现了斑驳的红色光点，像一团凝聚的焰火飞驰在马路上。

这就是小慕说的火耗子么？真的有点像啊。

我越骑越快，两腿像是不受控制般爆发出全部的力量。我看见每个人前面有无数的火鼠在引领着他们前进，医生指向医院、司机指向巴士、讲师指向课堂。那是任务的向标，无形间为所有人引路。而小慕，指向我。

小慕应该也不过是自认为是 NPC 的玩家，只不过她的任务，是我。

那我的任务，又是什么呢？

风声呼呼地打在我的耳畔。我全身都放空了，什么也没想。所有的建筑开始在眼帘里混淆，那不过都是光的残片。

常识之外的常识，规则之外的规则，我的两眼渐渐变得模糊，所有的玩家都映入在我的脑海里。我依稀地看见自己的面前有一排红色的光点，那是火鼠正绕着我一圈又一圈地旋转。

每一个角落的每一个人，都认为自己是自由的。而我就真的自由了么？还是自由，也不过是我常识的一部分？

我想起老葛的那句话："让世界正常。"

我想起自己活过的三十几年，所有人活过的那些自由的岁月。

泪眼朦胧里，火光一圈又一圈地旋转。

旋转。

脑中黑洞

BLACK HOLE IN BRAIN

Black Hole In Brain
脑中黑洞

作者
无色方糖

总策划
朱家君

选题策划
熊 嵩

执行策划
杨涵玉

责任编辑
尹 旋

封面设计
黄池琛

版式设计
黄池琛

宣传营销
郭海洋

运营发行
常蓦尘

出版社
长江出版社

总出品
漫娱文化

平台支持
脑洞W 小说馆

图书在版编目（CIP）数据

脑中黑洞 / 无色方糖 著.

—武汉：长江出版社，2017.4

ISBN 978-7-5492-4962-6

Ⅰ. ①脑… Ⅱ. ①无… Ⅲ. ①故事 - 作品集 - 中国 - 当代 Ⅳ. ①I247.81

中国版本图书馆 CIP 数据核字（2017）第 078708 号

脑中黑洞 / 无色方糖 著

出　　版	长江出版社
	（武汉市解放大道 1863 号　邮政编码：430010）
出　　品	漫娱文化
	（湖北省武汉市积玉桥万达写字楼 11 号楼 19 层　邮政编码：430060）
出 版 人	赵　冕
选题策划	漫娱文化图书
市场发行	长江出版社发行部
网　　址	http://www.cjpress.com.cn
责任编辑	钟一丹
装帧设计	黄池琛
印　　刷	湖北新华印务有限公司
版　　次	2017 年 4 月第 1 版
印　　次	2017 年 4 月第 1 次印刷
开　　本	787mm × 1092mm　1 / 32
印　　张	7.5
字　　数	150 千字
书　　号	ISBN 978-7-5492-4962-6
定　　价	35.00 元

电话：027-82927763(总编室）　027-82926806（市场营销部）